Uwe Goeritz

Sieben Nächte
im Paradies

Bibliografische Information der Deutschen Nationalbibliothek:

Die Deutsche Nationalbibliothek verzeichnet diese Publikation in der Deutschen Nationalbibliografie; detaillierte bibliografische Daten sind im Internet über http://dnb.dnb.de abrufbar.

© 2019 Uwe Goeritz

Coverfoto: kordula vahle und mskathrynne auf Pixabay

Covergestaltung: Uwe Goeritz

Herstellung und Verlag: BoD – Books on Demand, Norderstedt

ISBN: 978-3-7347-6647-3

Inhaltsverzeichnis

Sieben Nächte im Paradies 7
   Eine verrückte Idee 8
   Verrückte Welt 15
   Ein einsames Segel 22
   Ungeplanter Umweg 28
   Schiff der Verrückten 35
   Neuer Versuch? 41
   Schiffbruch 47
   Regentropfen 53
   Gerettet? 60
   Zerbrochene Träume 66
   Einsam und verlassen 72
   Ein Abend unter Freunden 78
   Schatten der Vergangenheit 84
   Segeltour 91
   Gaby 98
   Sorgen und Nöte 105
   Schokolade macht glücklich! 112
   Der Geist einer liebenden Seele 120

Erinnerungen 127

Regen im Paradies 134

Tage und Nächte 141

Eine Nixe 147

Zukunftspläne 153

Rettung im ungünstigsten Moment 159

Sehnsucht 168

Neue Prioritäten 175

Verlorene Liebe 181

Alles gut? 188

Ungelöste Fragen 194

Entscheidung aus Liebe 200

Spurensuche 204

Schmerzlicher Verlust 210

Mit der Hilfe von Freunden 216

Stein auf Stein 222

Ein glücklicher Fund 226

Eine zweite Chance? 231

Sieben Nächte im Paradies

Als Kind hatte Jasmin das Buch „Robinson Crusoe" geliebt, aber da hatte sie auch noch nicht gewusst, dass es sie an einem Freitag auf eine unbewohnte griechische Insel im Mittelmeer verschlagen würde und ihr Robinson ihr dermaßen unsympathisch sein würde, dass sie schreiend davon laufen könnte. Aber die Insel ist eben nicht groß genug dafür.

Kann sie noch gerettet werden, bevor sie und der Mann sich gegenseitig an den Hals gehen? Oder beginnt in der Abgeschiedenheit etwas ganz anderes?

Sämtliche Figuren, Firmen und Ereignisse dieser Erzählung sind frei erfunden. Jede Ähnlichkeit mit echten Personen, ob lebend oder tot, ist rein zufällig und vom Autor nicht beabsichtigt.

1. Kapitel

Eine verrückte Idee

Mit quietschenden Reifen setzte die kleine Propellermaschine auf dem Inselflugplatz auf. Jasmin sah aus dem Fenster auf die kleinen Büsche, welche die Landebahn säumten. Eine wahre Odyssee ging langsam zu Ende. Vor unheimlich vielen Stunden war sie in Deutschland losgeflogen und nun, nach dreimaligen Umsteigen, endlich irgendwo in Griechenland. Immer noch nicht am Ziel ihrer Reise, aber zumindest nahe dran.

Kurzentschlossen hatte sie sich am Vortag auf den Weg gemacht, um ihren Freund zu überraschen, der auf einer kleinen griechischen Insel als Architekt ein Hotelprojekt betreute. Schon mehr wie einen Monat war er dort und sie sehnte sich nach ihm. Mit einer lässigen Handbewegung schob sie sich die Haare nach hinten und sah sich um. Eine ältere Frau mit Kopftuch zog eine Ziege an ihr vorbei durch die Sitzreihen. Außer ihnen waren nur noch vier ältere Männer mit an Bord gewesen.

Jasmin dachte an den Start der Reise zurück. Ohne lange zu zögern hatte sie ihre Tasche gepackt, war, ohne es jemanden zu sagen, zum Flugplatz gefahren und hatte das erste Flugzeug genommen, das in Richtung Süden geflogen war. Daher kamen natürlich auch diese drei Etappen. Mit ein bisschen Vorbereitung wäre das mit einem einzigen Flug auch zu schaffen gewesen, doch so lange wollte sie eben nicht mehr warten.

Die Tür direkt vor ihr öffnete sich, die Ziege meckerte und ein Gluthauch schlug in das Flugzeug hinein. Sie hatte die Ansage des Piloten nicht verstanden, aber es würden sicherlich mehr wie 40 Grad im Schatten sein. Nur, dass es hier sicherlich kaum einen Schatten gab. Es schien ihr so, als ob sie in die Herdflamme des Backofens ihrer Großmutter schaute, wie damals als Kind. Noch bevor sie sich überhaupt bewegen konnte, war ihr T-Shirt schon völlig durchgeschwitzt.

Die Frau griff sich ihren Koffer und machte zwei Schritte, bis sie in der offenen Tür stand. Flirrend stieg die heiße Luft vom Beton auf und nach einem weiteren Schritt stand sie auf der untersten Stufe der Flugzeugleiter. Nun hatte sie Hitze von oben und unten und traute sich nicht, die Füße auf den Beton zu setzen. Schließlich trug sie ja nur Sandalen mit Plastiksohlen und die würden in der Hitze sicherlich nicht lange durchhalten. Fast flehend sah sie sich um, aber es gab hier keinen Schutz vor der Hitze und bis zur Baracke der Flugaufsicht waren es bestimmt zweihundert Meter! Nur dort gab es Schatten.

Einer der Männer trat hinter ihr aus dem Flugzeug und fluchte, weil sie die Treppe blockierte. Ein heftiger Schubs mit seinem Koffer in ihren Rücken ließ sie nach unten springen und das zischende Geräusch kündete vom Ende ihrer teuren Sandalen. „Verdammt!", fluchte sie und hob einen ihre Füße. Der Schuh zog Fäden. Nun hieß es sich beeilen, damit sie noch mit Schuhen auf der anderen Seite ankommen würde. Niemals würde sie die Strecke barfuß überstehen. Zumindest nicht ohne große Verbrennungen.

Daher rannte sie mit dem Koffer in der Hand die kleine Strecke und holte unterwegs die Ziege ein, die ihre Hufe besonders vorsichtig und fast tänzelnd auf den Boden setzte. Dann war endlich die Tür der Baracke erreicht. Von einer Minute zur nächsten war kühler Wind um sie herum. Die Klimaanlage ließ einen Strom kalte Luft über sie fallen. So stand sie in einem kleinen Raum, der keine fünf Mal fünf Meter groß war. Ein paar

Bänke befanden sich an der einen Seite, an der sich auch die großen Fenster befanden, die Türen zu den Toiletten waren an der anderen.

Mit ihrem Koffer zog sie zu der Tür, auf der kunstvoll eine üppige Frau aufgemalt war. Dort drin konnte sie ihre nasse Kleidung gegen trockene wechseln, aber die Tür rührte sich nicht. Sie rüttelte am Griff, aber offensichtlich war da abgeschlossen. Ein Zettel hing neben der Tür, den sie aber nicht entziffern konnte. Ihr Griechisch beschränkte sich auf ein paar Sätze und Floskeln, die sie bei einem Urlaub mit den Eltern vor Jahren aufgeschnappt hatte, aber mit dem lesen war das schon etwas anderes.

Verzweifelt sah sie sich um, während ihr der Schweiß immer noch den Rücken herunterlief. Die alte Frau mit der Ziege betrat den Raum, verschwand aber sofort wieder, als sie den kalten Luftstrom spürte, noch bevor Jasmin sie etwas fragen konnte. Sonst war niemand hier. Sollte sie sich hier umziehen? Einfach so? Wenn die Männer hier hereinkamen? Lieber nicht! Die zweite Tür war nur zwei Schritte entfernt.

Ein Seemann war darauf gemalt und kurzentschlossen klinkte die Frau dort. Diese Tür ließ sich öffnen. „Hallo?", rief sie in den halbdunklen Raum, erhielt aber keine Antwort. Schnell huschte sie hinein und ging zu einer der Kabinen. Der Geruch war etwas streng, aber zum Aushalten. Die Kabinentür fiel in das Schloss und Jasmin stellte den Koffer auf einen Eimer, der neben dem obligatorischen Loch im Boden stand. Diese Art von Toiletten kannte sie noch zu gut von ihrem Urlaub damals.

So schnell es ging, trocknete sie sich ab, zog sich um und lauschte nach draußen. Gerade als sie die Toilettenkabine verlassen wollte, hörte sie, wie jemand pfeifend den Raum betrat. Nun würde sie warten müssen, doch der Mann schien sich Zeit zu lassen. Jasmin hörte es plätschern und dann pfiff er einfach weiter. Eine ganze Weile später hörte sie den Wasserstrahl in das Waschbecken laufen und danach klappte die Tür. Als sie schnell nach draußen ging, stand sie direkt vor einem jüngeren griechischen Mann, der sie ziemlich verwirrt ansah, während er sich in einem der Becken plätschernd erleichterte, denn schließlich war sie hier ja im falschen Raum.

Dann lächelte er breit über das ganze Gesicht und Jasmin huschte aus dem Raum, bevor sich ihre Gesichtsfarbe dem roten T-Shirt angleichen konnte. „Geschafft!", dachte sie und setzte sich auf eine der Bänke. Nun war es an der Zeit die weiteren Schritte zu planen, dazu zog sie eine Karte aus dem Seitenfach des Koffers und breitete diese über ihren Knien aus. Aus dem Augenwinkel sah sie, wie der Mann die Türe der Toilette wieder passierte und unschlüssig vor einer Tafel stand.

Mit dem Finger auf dem Plan suchte sie ihre Position und das Ziel ihrer Reise. Es lag nur noch das Mittelmeer zwischen ihr und ihrem Freund!

Ein dicker blauer Streifen, den sie nun nur noch per Schiff überwinden konnte. Und die würden sicher unten am Hafen sein. Der Mann räusperte sich und sie sah auf. „Wo wollen sie denn hin?", fragte er in Deutsch mit einem Akzent. Gerade noch fragte sich Jasmin, woher er wusste, dass sie aus Deutschland kam, als ihr Blick auf die Karte fiel, die ja in Deutsch beschriftet war. Schnell nannte sie das Ziel ihrer Reise.

Der Mann nickte und zeigte durch das Fenster auf ein Schild, auf welchem ein Anker und ein roter Pfeil darauf waren. Aber da war sie ja auch selbst schon kurz zuvor darauf gekommen. Trotzdem bedankte sie sich und stand auf. Allerdings würde sie jetzt auch wieder in die Hitze des Mittags hinaus müssen.

Schon alleine der Gedanke daran trieb ihr den Schweiß auf die Stirn. Außen am Fenster hing ein Thermometer dran. 44 Grad, im Schatten! „Ich muss verrückt sein!", sauste es durch ihren Kopf, aber sie dachte daran, dass sie ja ihren Freund überraschen wollte. Vielleicht war diese ganze Reise einfach nur eine verrückte Idee gewesen.

Sie seufzte, schob die Tür auf und trat hinaus. Es dauerte keine zwei Minuten, da war das T-Shirt wieder zum Auswringen nass.

2. Kapitel

Verrückte Welt

Tom saß an seinem, zum Zeichenbrett umfunktionierten, Klapptisch vor dem Hotelneubau. Das Fundament war gegossen und der erste Stock war im Rohbau schon fertig. Seit einem Monat befand er sich nun schon in diesem Ort auf der Insel und arbeitete hier verbissen daran, den Bauarbeitern seine Vorstellung von dem Hotel nahezubringen. Wieder verglich er die Zeichnung mit dem steingewordenen Traum, der in seinem Architekturbüro das Licht der Welt erblickt hatte. Das Model hatte irgendwie anders ausgesehen. Was war falsch daran?

Aufgeregt ging sein Blick vom Blatt zu der Wand und zurück. Zum wievielten Male machte er das schon? Sicherlich schon zum zwanzigsten Mal. Die Tage vorher hatte er an der anderen Seite gesessen, da hatte alles gepasst. Heute war diese Seite dran, doch das war irgendwie unsymmetrisch! Lag das an seinem Blickwinkel? Er stand auf und ging drei Schritte zur Seite und wieder zurück. Es änderte sich nichts daran, dass die Mitte offensichtlich nicht die Mitte war.

Da gab es nur eine Lösung: Nachmessen! Mit dem Bandmaß versuchte er seine Vermutung zu entkräften. Vergebens! Die eine Seite war einen Meter kürzer als die andere! „Mist!", entfuhr es ihm. Und das Fundament war auch einen Meter zu kurz. Tom kratzte sich am Kopf und überlegte. Abreißen und neu bauen? Ein neues Fundament gießen lassen und einen Verzug plus Abrissarbeiten riskieren? Eigentlich hätte er das gemusst, aber dann wäre mehr als ein Monat umsonst gewesen.

Ein neues Konzept musste her!

Wie konnte er schnell die Symmetrie wiederherstellen? Oder einfach die Blickachse verschieben und das Unsymmetrische herausarbeiten sowie betonen? Das konnte gelingen! Mit dem spitzen Bleistift entwarf er ein neues Modell. Dann radierte er es wieder aus. Noch ein paar Gedanken zur Änderung. Es war zum Verzweifeln!

Völlig in seine neue Arbeit vertieft bemerkte er, dass Wasser auf sein Werk tropfte. Regnete es etwa? Tom hob den Kopf und sah gegen die Sonne in das lächelnde Gesicht einer Frau mit langen Haaren, aus denen das Wasser auf den Tisch tropfte. Offensichtlich war sie geschwommen. Für einen Moment war er verwirrt, doch dann erkannte er die Frau wieder. Es war seine Ex-Freundin Ulrike. „Ricke, was machst du denn hier?", fragte er überrascht.

Fast verlegen strich sich die Frau das Wasser aus den rotblonden Haaren, dann warf sie diese mit einer lässigen Handbewegung nach hinten. Sie lächelte und die Sommersprossen auf ihrem Gesicht schienen vor Freude zu hüpfen. „Ich mache hier seit gestern Urlaub", sagte sie und zeigte zum Nachbarhotel, aus dessen Pool sie anscheinend gerade geklettert war. Der bunte Bikini stand ihr gut. Tom bemerkte, dass sie etwas zugelegt hatte, aber an den richtigen Stellen.

„So ein Zufall!", entgegnete Tom und sah sie weiter einfach nur an. „Na dann! Wir sehen uns!", sagte sie, drehte sich wieder zum Pool zurück und sprang nach ein paar Schritten hinein. Fast tänzelnd war sie dorthin gelaufen, denn der Beton war durch die Sonne ziemlich heiß geworden. Lange sah er ihr noch nach. Seine Gedanken kreisten um die Frau. Warum hatte er sie damals verlassen?

„Sie war gegangen!", fiel ihm wieder ein. Der Schmerz von der Trennung bohrte sich erneut in sein Herz. Vor über einem Jahr war sie, einfach so, wortlos aus der Wohnung verschwunden. Das Bild hatte sich in sein Gedächtnis eingebrannt. Wie sie sich einfach von ihm weggedreht hatte, die Reisetasche in der Hand. Danach die geschlossene Tür der Wohnung.

Und nun war sie wieder da?

Die Erinnerung an zwei glücklich miteinander verbrachte Jahre war wieder vor seinen Augen und verdrängte die geschlossene Tür. Das erste Jahr war wild und leidenschaftlich gewesen. Noch nie hatte er eine Frau getroffen, die so viel geben konnte, wie Ricke.

Tom bemerkte, dass er sie wieder mit dem alten Kosenamen bedachte. Der Schmerz schien verflogen. Dann fiel ihm seine neue Freundin ein. Jetzt hatte er doch Jasmin! Er musste sie anrufen! Jetzt! Warum eigentlich? In allen Taschen suchte er sein Telefon, aber das lag sicher in seinem Zimmer. Dann beschloss er, am Abend anrufen, damit er bei ihr nicht denselben Fehler machte, wie bei Ulrike damals. Das zweite Jahr hatte er sich damals zu sicher gefühlt und nur noch in die Arbeit gestürzt. In seinem Tatendrang hatte er ihre verzweifelten Blicke nicht bemerkt. Erst später war ihm so manche Geste der Frau aufgefallen. Auch wenn sie vielleicht nicht zu übersehen gewesen war, so hatte er sie doch einfach weggedrückt.

Immer noch schmerzte der Verlust, aber es war vorbei. Die Spitze des Bleistiftes ruhte auf dem Papier. Da war sie sicher schon eine Minute lang gewesen. Sein Blick ging wieder zu der Frau hinüber, die sich jetzt auf einer der Liegen am Pool ausgestreckt hatte und sich einen Drink schmecken ließ. Tom legte den Bleistift weg und sah nun auf ihre Bewegungen.

Ulrike lag so, dass er sie sehen konnte, aber sie nicht ihn. Seine Gedanken flogen wieder in das zweite Jahr ihrer Beziehung zurück. Im Geiste entschuldigte er sich bei ihr für seine Unaufmerksamkeit. Wieder sah er sich, wie er bis tief in die Nacht am Zeichenbrett gesessen hatte, während sie in Dessous neben ihm stand. In einer Nacht hatte sie sich sogar nackt neben ihn gestellt, aber er hatte nicht darauf reagiert.

Der Zeitdruck der Arbeiten hatte seine Beziehung zerstört. Tat das nun dieser neue Auftrag hier auch mit der Beziehung zu Jasmin? Zu lukrativ war das Angebot gewesen. Ein Hotel auf dieser Insel! Von der Konzeption bis zum Einzug sein Werk! War es den Einsatz wert? Seufzend sah er auf die fehlende Kante. Das hätte er auch von zu Hause so hinbekommen!

Das war alles Pfusch und hier hörte wirklich keiner auf ihn. Erneut zog der Stift einen Strich über das Papier. Dann fiel ein Schatten auf den Tisch. Wieder war es Ricke, die ihm einen Kaffee hinhielt.

„Schwarz, ein Stück Zucker!", sagte sie lächelnd und er nahm den Becher dankbar entgegen. Während er das Getränk umrührte, sah sie auf die Zeichnung. „Da stimmt was nicht", sagte sie und Tom verzweifelte noch mehr. Wenn schon Ricke bemerkte, dass da etwas nicht stimmte, dann würden das seine Auftraggeber in zwei Wochen auf alle Fälle sehen.

„Ja! Ich weiß! Da fehlt ein Meter!", sagte er zerknirscht und trank den Kaffee. Der war richtig gut. Ricke legte die Hand auf das Papier und verdeckte eine Hälfte, dann die andere. „Und wenn du das so machst?", fragte sie und erklärte kurz ihre Idee. Der Gedanke war brillant. Tom sprang auf, küsste die verblüffte Frau und nahm den Stift. Das war die Idee, die er die ganze Zeit gesucht hatte.

„Als Dank lade ich dich heute Abend zum Essen ein", sagte er schnell und war sofort in seine Zeichnung vertieft. Er bemerkte nicht einmal, dass sie nicht mehr neben ihm stand. Viel zu tief steckte er schon wieder in seiner Arbeit. Alles andere war aus seinen Gedanken verbannt. Ricke, Jasmin, die Insel, das Hotel. Das Hotel? Nicht ganz alles!

3. Kapitel

Ein einsames Segel

Nassgeschwitzt näherte sich die zweiundzwanzigjährige dem Hafen. Schon seit einer Weile konnte Jasmin die blaue Fläche des Meeres leuchten sehen. Es versprach Abkühlung in der Hitze. Kein Lüftchen war zu spüren und der Koffer hoppelte hinter ihr her auf den Steinen des schlecht gepflasterten Weges. Neben ihr döste ein struppiger Hund im Schatten einer alten Hütte. Niemand war zu sehen, der sich in dieser Hitze aus dem Versteck der Hütten heraus traute. Vermutlich war sie im Moment die einzige auf der Insel, die sich außerhalb bewegte.

Vielleicht wäre es besser gewesen, in dem klimatisierten Raum zu warten, bis die Wärme erträglicher wäre, aber da konnte sie bestimmt bis zum Abend warten. Und dann würde sie noch eine Nacht auf dieser Insel verbringen müssen. Die Limo, die sie noch in der Tasche hatte, war mittlerweile so warm, wie ihr sonntägliches Badewasser zu Hause. Es erfrischte sie nicht, sondern wärmte sie noch zusätzlich von innen.

Noch hatte sie sich nicht überlegt, wie sie hier wohl wegkommen würde. Vielleicht fuhr ja eine Fähre und sie konnte da übersetzen und hoffentlich sprach da jemand deutsch. Der Hafen war menschenleer. Ein langer, hölzerner Steg führte in das Blau hinaus. Davor war ein Pfahl mit einer Hinweistafel. Wieder in Griechisch! Sie verglich den Namen der Insel, auf welcher ihr Freund arbeitete, mit den Bezeichnungen auf der Tafel und stellte fest, dass die Fähre gerade vor einer viertel Stunde abgefahren war. Und es gab erst am folgenden Morgen die nächste. Wäre sie direkt vom Flugzeug hierher gegangen, dann wäre sie jetzt schon auf dem Weg. Vor Schreck ließ sie den Koffer fallen, der lautstark auf dem Steg aufschlug, aber zum Glück nicht in das Wasser fiel.

Da stand sie nun und sah sich um. Hier konnte sie niemandem fragen und Schatten gab es hier auch kaum. Nur an der Seite des Hafens stand ein Gebäude, das wie eine Taverne aussah. Dorthin führte sie nun schnell der Weg. Wenn die Gaststätte geschlossen war, dann konnte sie vielleicht wenigstens unter dem Vordach ein bisschen Abkühlung finden. Aus ihrem schnellen Lauf heraus drückte sie so sehr gegen die Tür, dass sie fast damit in den Raum fiel. Mit einem Knall schlug die Holztür gegen die Tavernenwand und Jasmin stand mit ihrem Koffer im Schankraum.

Zwei ältere Männer saßen an einem Tisch in der Ecke und spielten irgendein Brettspiel. Beide waren sicher schon über sechzig Jahre alt und blinzelten sie erschrocken an. Hier störte sonst sicher nie jemand die Ruhe des Dorfes. „Entschuldigung", sagte Jasmin laut und die beiden Männer widmeten sich wieder ihrem Spiel. Unbeachtet blieb sie dort im Raum stehen. Dann kam eine junge Frau in den Raum und trat hinter den Tresen. Diese sprach sie an, aber Jasmin konnte sie nicht verstehen. Daher versuchte sie es auf Englisch und die griechische Frau nickte.

Nach wenigen Augenblicken hatte Jasmin die erhoffte Cola mit ein paar Eiswürfeln im Glas. Sie war herrlich kühl und zischte fast, als sie durch die Kehle der jungen Frau floss. Zwischen dem ersten und dem zweiten Glas fragte Jasmin nach der Insel, aber die Bedienung zeigte nur auf die Tafel mit der Fähre, die auch hier drin an der Wand hing. Jasmin seufzte und nickte verstehend. „Mist", sagte sie und die andere Frau fragte, in fast reinem Hochdeutsch, „Bis du aus Deutschland?" „Ja", antwortete Jasmin erfreut und setzte hinzu „Woher kannst du so gut Deutsch?" „Mein Freund hat dort Landwirtschaftsmechaniker gelernt", entgegnete die Frau und goss das dritte Glas Cola für Jasmin ein.

„Gibt es denn keine andere Möglichkeit, um dorthin zu kommen?", fragte sie und zeigte auf die Fährverbindung. Die Frau schüttelte den Kopf „Die Fischer sind schon seit Stunden draußen. Die fahren auch erst morgen früh wieder raus und eine weitere Verbindung dorthin gibt es nicht. Der Weg wäre zu weit für eine Fähre am Abend. Hier will niemand im dunklen auf See müssen." „Na da muss ich eben bis morgen warten", stellte Jasmin resigniert fest. „Gibt es hier ein Hotel oder eine Pension, wo ich bis morgen bleiben kann?", fragte sie schließlich noch die andere Frau.

„Nein. Aber wenn du nichts anderes findest, so kannst du auch mit zu mir kommen", beantwortete die junge Frau ihren flehenden Blick und hielt ihr die Hand hin „Sofia", sagte sie freundlich lächelnd, „Jasmin", antwortete sie und ergriff die entgegen gestreckte Hand. „Hast du auch was zu essen?", fragte sie, „Ich habe schon seit Stunden nichts mehr gehabt." Sofia schob ihr die Speisekarte über den Tresen, auf der alles mit Bildern touristenfreundlich dargestellt war. Offensichtlich waren hier öfter mal Leute, die auf die Fähre warteten.

Jasmin zeigte auf ein Bild, welches wie Würstchen mit Kartoffeln aussah und Sofia nickte. Wenig später stand das bestellte Gericht dampfend vor Jasmin. Es schmeckte etwas seltsam, aber im Moment hätte Jasmin sicherlich alles gegessen, was man ihr vorgesetzt hätte. Ihr knurrender Magen war bestimmt bis zum Tisch der Spieler zu hören gewesen.

Nach einer Weile sagte Sofia „Schau mal!" und zeigte durch die von ihr offen gelassene Tür zum Hafenbecken hinaus. Jasmin drehte sich um und sah, wie auf einem der kleinen Segelboote ein Mann begann das Segel zu ordnen. „Vielleicht fährt der heute noch raus und kann dich unterwegs absetzen", setzte Sofia hinzu, die ja den Hafen sehr gut kannte. Was würde es auch für einen Sinn ergeben, jetzt das Segel in der Hitze zu kontrollieren, wenn man erst am nächsten Tag losfahren wollte.

„Danke dir!", rief Jasmin, bezahlte schnell und rannte mit dem Koffer zum Anleger hinüber. Es polterte fürchterlich, als sie im Laufschritt, durch die Hitze des Mittags, auf dem alten Steg zu dem kleinen Boot lief. Gerade zog der Mann das Segel am Mast hoch, als sie keuchend vor ihm zum Stehen kam. „Entschuldigen sie", rief

Jasmin und hoffte, dass der Mann sie verstehen würde.

Fragend blickte er sie an und sie setzte hinzu „Können sie mich mitnehmen? Ich habe meine Fähre verpasst" dann setzte sie noch den Namen ihres Zieles hinzu. Immer noch sah er sie fragend an und Jasmin verzweifelte schon fast.

Der Mann würde sie nicht verstehen und damit würde sie vielleicht doch die Nacht bei Sofia bleiben müssen. Enttäuscht drehte sie sich schon wieder um, als er sagte „Das ist für mich aber ein ganz schöner Umweg." Schnell drehte sie sich wieder zurück und sah ihn flehend an „Bitte", sagte sie und wusste, dass ihrem Blick eigentlich kein Mann widerstehen konnte.

4. Kapitel

Ungeplanter Umweg

Es war ein solch schöner Tag und Alexej hatte in seinem Boot bis weit in den Mittag hinein geschlafen. Dies war sein dritter Urlaubstag und es würden noch fast vier Wochen übrig bleiben, in welchen er mit seiner kleinen Jolle über das Mittelmeer segeln wollte. Eigentlich war dieses kleine Boot nicht so wirklich ideal für eine Fahrt weit über das Meer, aber für die Touren hier zwischen den griechischen Inseln war sie einfach optimal.

Er brauchte ja auch nicht so viel. Ein kleiner Rucksack und ein paar Vorräte. Das meiste holte er sich in den Häfen, die er ja jeden Tag anlief. Nur für die Ausflüge zu den Badebuchten beabsichtigte er, sich ein paar Vorräte zusätzlich mitzunehmen. Dazu war das Boot dann auch groß genug. Schon seit Jahren hatte er vorgehabt, diese Tour mit seiner Freundin zu machen, aber die ständige Arbeit hatte dann dazu geführt, dass er nun keine Freundin mehr hatte. Die Idee mit der Tour war ihm aber geblieben. Jetzt war Urlaub! Der erste seit Jahren!

Verschlafen strich er sich die Haare aus der Stirn und setzte sich auf. Das Boot schaukelte leicht in der Dünung, die vom Meer in die Hafenbucht drückte. Hier drin ging kaum ein Lufthauch. Ein strahlend blauer Himmel zog sich über ihm von Horizont zu Horizont. Ganz selten war mal eine kleine weiße Wolke zu sehen. Alexej machte sich eine Flasche Bier auf und trank genüsslich das kalte Getränk aus.

Das hier war so ganz das Gegenteil von dem, was er sonst immer so machte. Zurück zur Natur! Nur Ruhe um ihn her! Wind, Meer und Möwen! Absichtlich hatte er das Telefon in seiner Wohnung in Athen gelassen. Für Wochen würde er nun jeden Kontakt hinter sich abbrechen. Sonst war der Trubel in der Firma ständig um ihn herum. Immer klingelte es und die Zahlen auf den Monitoren flimmerten vor seinen Augen hin und her. Seine kleine Firma, die eine Börsensoftware betrieb und auch mit Aktien handelte, war ziemlich erfolgreich. Daher war sein Vermögen in der letzten Zeit eher exponentiell gewachsen. Allerdings auf Kosten seiner Beziehung.

Auch um von diesem Schmerz geheilt zu werden, machte er diesen „harten Entzug" von allen Kommunikationsmitteln. Ohne das wäre die

Wahrscheinlichkeit zu groß, dass sein Freund, der nun vorübergehend die Firma leitete, jede halbe Stunde seinen Ratschlag einholte. Aber er vertraute Grigori und im Sommer war sowieso an der Börse nicht so viel los.

Er strich über die Kante der Reling. Dieses einfache Leben wollte er haben und daher hatte er auch niemanden gesagt, wohin ihn sein Weg führen würde. Auch das war eine Art von Schutzreaktion, damit nicht jeden Tag ein anderer am Steg stand und ihm auflauerte. Von den lästigen Paparazzi mal ganz zu schweigen, die ihn in Athen fast täglich verfolgten, wenn er mal nicht auf Arbeit war. Selbst in den Vorgarten seines Hauses hatte sich einer dieser Fotografen schon mal geschlichen. Das Bild der im Bikini am Pool schlafenden Freundin hatte dann in einigen Zeitungen seinen Platz gefunden und vielleicht hatte das auch mit zum Beziehungsende geführt.

Der Mann schmierte sich ein Brötchen und holte die Seekarte aus dem Staufach. Der Weg zur nächsten Insel war nicht so weit und er konnte es noch am selben Tag schaffen. Dort gab es eine wunderschöne Badebucht, wie ihm ein Fischer am Vorabend in der Schänke gesagt hatte. Genüsslich kauend ging sein Blick über den kleinen Hafen mit den weißen Häusern am Rande des Hafenbeckens. Das Sonnensegel über ihm hielt die Hitze fern, aber schon bald würde ihn das richtige Segel wieder auf die See hinaus ziehen. Der Wind musste nur noch ein bisschen kräftiger werden. Alexej feuchtete seinen Finger an und hielt ihn nach oben. Der Wind wehte leicht in die richtige Richtung. Sollte er es versuchen?

Schließlich löste er den Strick vom Sonnensegel und faltete es sorgfältig zusammen, dann stand er auf und löste die Taue vom Segel. Vorsichtig entfaltete er das Tuch und dachte wieder an seinen Großvater, mit dem er damals immer hinausgefahren war. Der alte Mann war Fischer gewesen und hatte das Mittelmeer gekannt, wie kein anderer. Sein Kahn war damals nur unwesentlich größer gewesen, wie Alexejs Jolle heute.

Es schaukelte leicht bei seinen Bewegungen und er klappte den Kiel nach unten aus. Die Bewegungen wurden ruhiger und es knirschte nur noch leicht zwischen Steg und Boot, wo die Fender dazwischen hingen. Ungeduldig zog die Jolle an den Seilen, mit denen sie mit dem Land verbunden war. Das Schiff wollte hinaus und er wollte das auch.

Kaum hatte er das Segel halb am Mast hinaufgezogen, da hörte er laute Schritte neben sich. Da lief jemand über den Steg. Mitten in der Hitze des Mittags. Hatte ihn dennoch jemand aus seiner Firma gefunden? Schnell blickte er sich um und sah eine ihm unbekannte Frau mit einem Koffer auf sich zu Rennen. Offensichtlich wollte sie zu ihm, da er im Moment der einzige war, der so dumm war, sich in dieser Hitze zu bewegen. Diese Frau mal ausgenommen.

Nur ein paar Augenblicke später stand die junge Frau schnaufend neben ihm auf dem Steg. Sie hatte lange blonde Haare und war sicherlich Ausländerin. Die nassen Haarsträhnen klebten an ihrer Stirn und sie war auffällig rot im Gesicht von dem schnellen Lauf über den holprigen Weg. „Können sie mich mitnehmen? Ich habe meine Fähre verpasst?", fragte sie, nachdem sie wieder zu Luft gekommen war. Dann nannte sie noch den Namen einer kleinen Insel, die sie erreichen wollte.

Alexej überlegte, wie er dorthin gelangen konnte. Da würde er dann dort übernachten müssen. Sein Blick ging kurz zur Karte, die noch im Heck des Bootes lag und er überschlug die Strecke. Dann sagte er „Das ist für mich aber ein ganz schöner Umweg." Die Frau, die schon wieder gehen wollte, drehte sich zu ihm zurück, sah ihn flehend an und sagte „Bitte." Der Tonfall und dieser Blick waren sicher eingeübt.

Da war so eine Art von kleinem Mädchen drin, dem man nichts abschlagen konnte. Vielleicht übten die das schon von klein auf so, denn seine Freundin hatte denselben Blick immer benutzt, um ihren Willen durchzusetzen. Sollte er sich wirklich erweichen lassen? Oder sie zurückschicken? Kurz grübelte er nach, dann erreichte der Blick sein Ziel. „Na dann kommen sie an Bord", setzte er ihr entgegen und hielt ihr die Hand hin. Vorsichtig stieg die Frau ein und wuchtete den Koffer in das Boot hinein, dass er Angst hatte, sie wolle es versenken. „Passen sie doch auf!", fuhr er sie unbeabsichtigt grob an.

Am liebsten hätte er sie nun wieder nach draußen geworfen! Doch nun war sie schon mal im Boot und bald wäre er sie ja auch wieder los! Für einen Moment ärgerte er sich über seine Gastfreundlichkeit und darüber, dass er auf ihren Welpenblick hereingefallen war. Schließlich verglich er sie mit seiner Freundin und ein gewisser Unmut zog in ihm auf. Hatte sie ihn nicht verlassen? Nun richtete sich sein Zorn auf die fremde

Frau im Boot. Doch er besänftigte sich wieder, zog weiter am Seil, beachtete sie gar nicht mehr und hatte nach einer Minute das Segel gesetzt.

„Setzen sie sich doch endlich hin!', fuhr er sie an, als er sah, dass sie immer noch im Boot stand. So würden sie sicherlich das Gleichgewicht kaum halten können. Unbeholfen platzierte sich die Frau vor dem Segel. „Das kann ja was werden!", sauste es durch seinen Kopf.

Endlich, nachdem sie auch den Koffer im Boot abgelegt hatte, konnte er die Haltetaue lösen und der Wind schob das Boot hinaus.

Sie saß vorn und hatte ihm den Rücken zugedreht. Nun musste er sich auf das Segel und die Bucht konzentrieren und hatte keinen Blick für seinen „Passagier" mehr.

5. Kapitel

Schiff der Verrückten

So ein Idiot. Musste er sie so grob anfahren? Jasmin saß mit dem Rücken am Mast und blickte nach vorn. Für ein paar Minuten hatte sie mit den Tränen zu kämpfen gehabt, bis der Zorn die Oberhand bekam. Zum Glück würde die Fahrt nur ein paar Stunden dauern und dann würde sie diesen Esel niemals wieder sehen müssen. War sie ihm am Steg noch dankbar gewesen, dass er sie mitnehmen wollte, so wäre sie einen Augenblick später lieber wieder ausgestiegen und hätte dann bei Sofia die Nacht verbracht.

Doch nun zog das Boot auf die Bucht hinaus. Laut kreischten die Möwen über ihnen. Das diese bei der Hitze überhaupt unterwegs waren, war schon seltsam. Bisher hatte sie diese Meeresvögel noch gar nicht gesehen. Das Wasser der Bucht war glasklar und sie konnte bis zum Grund hinuntersehen. Jasmin beugte sich zur Seite, um ihre Hand in das Wasser zu halten, als sie wieder von hinten angefahren wurde „Blieben sie doch endlich mal ruhig sitzen! Und rücken sie den Koffer mehr in die Mitte vom Boot."

„Wie jetzt? Was meinen sie mit Mitte? Weiter zu ihnen zu?", fragte sie frech nach hinten, doch der Mann fluchte etwas in Griechisch. „Nein! In die Mitte vom Boot. Der liegt zu weit links!", schnauzte er sie an und Jasmin musste schlucken. Dann zog sie ihren Koffer zwischen ihre Beine und drückte sich wieder gegen den Mast.

Endlich hatten sie die Bucht verlassen und das Schiff schoss auf das offene Meer hinaus. Nun war sie vollkommen in der Hand des anderen Mannes. Mit Erschrecken realisierte sie, dass im Moment niemand wusste, wo sie war und bei wem. Niemanden hatte sie gesagt, dass sie auf dieses Boot gestiegen war. Nur Sofia hatte es vermutlich gesehen, aber die wusste ja nicht, wo sie wirklich hin wollte. Wenn der Mann sie hier einfach über Bord warf, dann würde sie niemand suchen. Still, schweigend und zitternd saß sie im vorderen Teil des kleinen Bootes. Jetzt nur nicht noch mehr auffallen, um ihn nicht zusätzlich zu reizen. Zum Glück wusste der Mann ja nicht, dass sie niemand suchen würde.

Jasmins Gedanken flogen nach vorn zu der Insel, auf der ihr Freund gerade arbeitete. Ein paar Ansichtskarten hatte er ihr von dort geschickt und sie hätte nur die Hand ausstrecken müssen, um diese aus dem Seitenfach des Koffers zu ziehen. Aber sie vermied jede Bewegung, um den Seemann nicht noch mehr zu ärgern. Schon bald war ringsum nur noch Wasser zu sehen. Der Wind wurde stärker und drückte in das Segel hinein. Das Boot jagte nur so dahin und Jasmin sah auf das kleine Stück Holz, in dem sie nun saß. Nicht viel länger als fünf Meter und kaum zwei Meter breit.

Eine Nussschale mitten in den Weiten des blauen Meeres. Wie tief mochte es hier wohl sein?

Nun zitterte sie nicht mehr vor Angst vor dem Mann oder dem, was er ihr antun könnte, sondern davor, dass dieses kleine Boot in den Weiten des Meeres umkippen und auf nimmer wiedersehen verschwinden würde.

Warum war sie eigentlich so verrückt gewesen, hier einfach einzusteigen? Noch nicht mal eine Schwimmweste hatte sie hier, auch wenn die vermutlich nicht viel nützen würde. Nach der Anzeige an der Tafel fuhr die Fähre fünf Stunden bis zu der Insel. Wie lange würde sie auf diesem Segelboot ausharren müssen, bis sie wieder Land sehen konnte? Sicherlich länger. Da blieb ihr nur der Trost, dass die Sonne bestimmt noch acht oder neun Stunden am Himmel stand. Im Dunklen wären sie sicherlich hier verloren.

Eigentlich war es ein Narrenschiff und sie war die größte Närrin gewesen, dass sie es versucht hatte, die lästige Zeit des Wartens zu verkürzen.

Mit beiden Händen stützte sie sich gegen die Bordwand und verkrampfte in dieser Haltung. Ihre Gedanken flogen immer wieder voraus und sie versuchte, das Schiff zu ziehen, was anscheinend auch funktionierte, denn die Geschwindigkeit wurde immer größer.

Gischt spritzte vorn hoch und traf sie im Gesicht. Sie schmeckte das Salz auf ihren Lippen. Einerseits erfrischte sie der Guss, andererseits machte ihr die Schnelligkeit der Fahrt aber auch Angst. Offensichtlich ging es nicht nur ihr so, denn der Mann begann hinter ihr lautstark zu fluchen. Da sie sich ja nicht bewegt hatte, konnte es auch nichts mit ihr zu tun haben. Als sie sich kurz zu ihm umdrehte und einen Blick über die Schulter warf, sah sie, dass sich hinter ihnen eine dunkle Wolke herschob, die anscheinend sehr schnell unterwegs war. Hoffentlich nicht schneller als das Boot. Dann wurde aus der kleinen Wolke eine schwarze Wand, die von Horizont zu Horizont reichte.

Diese schwarze Wolkenwand machte ihr nun erst recht die Unsinnigkeit ihres Unterfangens bewusst. Diese Wolken schoben sie nach vorn. Eine Umkehr war völlig ausgeschlossen und vor ihnen war nur die offene See zu sehen. Kein dunkler Streifen am Horizont. Nichts!

„Schneller! Schneller!", flüsterte sie und bat um Hilfe in der Not. Mit einem erneuten Blick über die Schulter sah sie, dass die schwarze Wand schon viel näher war, als noch ein paar Minuten zuvor. Ihre Augen suchten weiter den Horizont vor sich ab, aber da war noch immer nichts zu sehen. Spiegelblank lag die See vor ihnen, nur die Wellen der immer schneller werdenden Fahrt brachen sich vor ihr am Holz. In immer kürzer werdenden Abständen traf sie das Wasser klatschend im Gesicht und immer größer wurde ihre Angst. Mittlerweile war sie vollkommen durchnässt vom Seewasser.

Der fluchende Steuermann zwei Meter hinter ihr war da auch keine Hilfe. Im Moment hätte sie eine tröstende Umarmung gebraucht, aber die würde der Mann ihr niemals geben. Vielleicht würde er sie dabei nur über Bord werfen, um unnützen Ballast loszuwerden und dem Unwetter dann doch noch zu entkommen. Diese Angst versteifte nun zusätzlich ihr Genick. Wenn sie gekonnt hätte, dann hätte sie jetzt gebetet, aber sie kannte kein Gebet.

Die Wolken waren über ihnen, als vor ihnen am Horizont etwas die blaue Linie durchbrach. „Eine Insel!", schrie sie durch den Wind nach hinten und zeigte nach vorn. Im selben Moment schwenkte das Boot schon in diese Richtung.

Offensichtlich hatte der Mann die rettende Küste auch gerade bemerkt. Nun schoss das Boot darauf zu und ihr fiel wieder das Gedicht von John Maynard ein. „Halt durch kleines Boot!", brüllte sie in den Sturm hinein, dann zuckte der erste Blitz neben ihr herab.

6. Kapitel

Neuer Versuch?

Es war nicht wirklich Zufall gewesen, dass Ulrike auf Tom getroffen war. Zufall war es gewesen, dass sie über den Artikel in der Zeitung gestolpert war, der sein Projekt hier beschrieb. Schnell war der Urlaub auf Mallorca gegen den Urlaub auf dieser kleinen Insel vor Griechenlands Küste getauscht. Der Preis war fast derselbe, aber hier war nicht so viel los.

Diese Insel war mehr ein Geheimtipp. Familien machten hier ihren Badeurlaub. Hier würde es kaum alleinstehende Männer geben! Am Vortag war sie gelandet, nun saß sie am Pool und sah zu ihm hinüber. Wie nicht anders zu erwarten war, war er völlig in seiner Arbeit aufgegangen. War es eigentlich die richtige Idee gewesen, es noch einmal zu versuchen? Natürlich war das erste Jahr mit Tom das Schönste ihres Lebens gewesen. Die trüben Tassen, die nach ihm kamen, hatten alle nicht seine Klasse gehabt. Aber er war viel zu sehr das Arbeitstier!

Stumm sah sie zu ihm. Zumindest hatte er sie ja zum Abendessen eingeladen. Also war noch nicht alles verloren! Etwas Hoffnung blieb. Und wenn sie es richtig anstellen würde und ihre Karten gut ausspielte, dann würde er ihr nicht widerstehen können. Natürlich hatte sie seinen Blick bemerkt und das gut gefüllte Bikinioberteil war ihm nicht entgangen. Doktor Breuer sei Dank! Ein paar Milliliter Silikon und schon war man ein andere Mensch. Nicht übertrieben viel, nur genau so viel, dass sie sich wieder etwas selbstbewusster sehen lassen konnte.

Ulrike cremte sich sorgfältig ein und nahm die Zeitung, die auf dem Stuhl neben der Liege gelegen hatte. Ruhig bleiben und abwarten. Wenn sie zu schnell handelte, dann würde sie ihn vielleicht verschrecken. Geduld haben, hieß es. Aber sie war eine ungeduldige Frau und musste sich dazu regelrecht zwingen, hier zu warten und nicht erneut zu ihm hinüber zu stürmen.

Aus dem Augenwinkel hatte sie ihn weiter im Blick, auch wenn sie in der Zeitung blätterte, die sie nicht wirklich interessierte. Ganz normaler Klatsch. Welcher Promi gerade wo Urlaub machte, wer mit wem zusammengekommen war und wer sich gerade getrennt hatte. Sie dachte an die vier Männer, mit denen sie es nach Tom versucht hatte. Sie hatte gehofft, ihn vergessen zu können, aber das war ihr einfach nicht gelungen. Jeder, den sie danach gedatet hatte, war immer nur schlimmer als der zuvor gewesen. Als der letzte dann schon beim ersten Treffen so tief in das Glas gesehen hatte, dass sie ihn nach Hause schleppen musste, hatte sie sich gesagt „Es reicht!" und genau danach war ihr der Artikel mit dem neuen Hotel auf diesem kleinen Steinberg hier aufgefallen.

In diesem Ort gab es nicht viel. Die Dorfstraße war von kleinen Pensionen gesäumt. Ihr Hotel hatte einen Pool, die anderen Häuser meist nur kleine Becken im Hinterhof. Kaum ein Haus hatte mehr wie zwei Stockwerke. Das Hotel, welches Tom da gerade plante, das würde sicher das größte Haus der Insel werden. Nach einem Blick auf seinen Entwurf hatte sie verstanden, was er hier versuchte.

Es war eine anspruchsvolle Aufgabe, die er sich ausgesucht hatte. Ein modernes Hotel, mit allem Komfort, im landestypischen Stil. Nur die Verkehrsanbindung ließ zu wünschen übrig. Einen kleinen Flugplatz gab es nur auf der anderen Insel und von dort ging nur eine Fährverbindung hier her. Doch wenn das Hotel ein Erfolg würde, dann war sicher auch noch etwas Platz für ein kleines Flugfeld.

All das sauste durch ihren Kopf, nur um sich von ihm abzulenken. Dabei half das nicht, denn die Gedanken landeten immer wieder bei dem Mann, der nur zwanzig Schritte neben ihr in seinen Plan vertieft war. Zwei kleine Kinder sprangen in den Pool und die Welle traf sie völlig unvorbereitet. Kaltes Wasser auf einen heißen Leib. Der Schrei der Überraschung ließ auch den Mann aufblicken. Die Zeitung war nicht mehr zu retten, doch wie durch Zauberhand gelenkt kam Tom zu ihr rüber und reichte ihr ein trockenes Handtuch.

„Danke dir", sagte sie und trocknete sich bedächtig langsam damit ab. Die Mutter der beiden Kinder kam herüber und entschuldigte sich wortreich für das Versehen ihrer Sprösslinge, aber Ulrike wollte eigentlich mit Tom reden. Allerdings vertrieb der Wortschwall der älteren Frau den Mann wieder an sein Zeichenbrett. Das abendliche Treffen fiel ihr wieder ein. Da wollte sie so schick wie nur irgend möglich sein. Das verbesserte ihre Chancen erheblich.

Nun ging sie in Gedanken ihre mitgebrachte Garderobe durch. Hatte sie etwas für den Abend mitgenommen? Ein paar Meter entfernt gab es einen Laden, der alles Mögliche verkaufte. Vom Handy, über Bockwürste, bis zum Abendkleid. Anscheinend gab es nur dieses eine Geschäft in dem Ort.

Sie warf sich ein T-Shirt über und ging über die Straße. Oder besser: sie hüpfte, denn der Beton war mittlerweile so heiß, das es wehtat, darauf zu treten. Im Geschäft war es angenehm. Eine Klimaanlage blies kalte Luft von unten unter ihr T-Shirt, welches sich daraufhin wie ein Ballon aufblähte. Der Verkäufer, ein junger Mann, lachte sie an und auch Ulrike konnte darüber nur schmunzeln. Solch eine Oberweite wollte sie nicht haben. Dann entwich der Luftstrom nach oben und sie begann mit der Suche. In ihrer Größe gab es aber nur vier Kleider, was die Auswahl ziemlich einfach machte. Es sollte dezent, aber dennoch etwas offenherziger sein. Wer hat, der kann auch zeigen, was er hat!

Als sie den Laden wieder verlassen wollte, sah sie durch die Tür eine schwarze Wolke. Noch war sie weit entfernt am Horizont. „Das wird ein Sommersturm", sagte der junge Mann, der neben sie getreten war, „Da möchte ich nicht da draußen sein!", setzte er noch hinzu und zeigte auf das blaue Meer vor der Insel, das vom Laden aus gut zu sehen war. Dann sagte er „Wollen sie morgen mit mir segeln gehen?" Die plumpe und doch irgendwie angenehme Art der Frage überrumpelte sie. Da sie ja auch nicht wusste, wie das abendliche Treffen mit Tom ausgehen würde, versuchte sie eine salomonische Antwort zu finden. Das „Mal sehen." und ihr Lächeln reichten dem Mann aber anscheinend schon völlig aus.

Schnell war das Kleid auf dem Zimmer und sie saß wieder am Pool. Diesmal zog sie die Liege ein Stück weiter weg und stellte diese so, dass sie Tom im Blick haben konnte. Er war so in seine Arbeit vertieft, dass er die drohend aufziehenden Wolken offensichtlich gar nicht bemerkte.

Ulrike erhob sich und hüpfte auf dem heißen Beton zu ihm hinüber.

7. Kapitel

Schiffbruch

Diese blöde Kuh! Warum hatte er die nur mitgenommen? Alexej schüttelte verzweifelt den Kopf. Die hampelte in der Jolle herum und ihretwegen hatte er diesen riesigen Umweg genommen. Schon seit ein paar Minuten hatte er gespürt, dass etwas nicht stimmen konnte, aber erst jetzt hatte er den Ernst der Lage wirklich begriffen. Es kam ein Sommersturm auf, wie ihn die Fischer fürchten.

Schnell kommt er und schnell ist er auch wieder verschwunden, aber man möchte ihn nicht auf dem offenen Meer erleben!

Zumal er in dieser Nussschale saß und nicht in einem der hochbordigen Fischerkähne. Einst hatte er mit dem Großvater einen solchen Sturm erlebt und schon damals war ihm angst und bange geworden. Nun war er hier praktisch alleine. Konnte er dem Sturm davon Segeln?

Er hatte schon jeden Fetzen Segeltuch gesetzt und der Wind schob ihn noch zusätzlich an, aber die Strecke war einfach viel zu groß! Wäre er zu der anderen Bucht gesegelt, wie er es ohne die Frau vorgehabt hatte, dann wäre er jetzt schon wieder an einem schützenden Ankerplatz. „So ein Mist!", fluchte er und er tat es absichtlich auf Deutsch, damit ihn die Frau auch verstehen konnte.

Sie war schuld, nur sie alleine!

Dann schoben sich die dunklen Wolken schnell von hinten über den Himmel. „Poseidon hilf mir!", schrie er in seiner Muttersprache über das Meer und hofft auf ein Zeichen des Meeresgottes. Vorn hampelte die Frau wieder herum und wenn er das Schiff hätte für einen Augenblick loslassen können, so hätte er ihr jetzt so richtig die Meinung gesagt, aber er musste das Ruder und das Segel festhalten.

Beide Hände für das Schiff!

Sein Blick lag suchend auf dem Horizont vor dem Bug. Eine halbe Stunde zuvor hätte er vielleicht noch umkehren können, aber jetzt schob ihn der Sturm nach vorn. Dagegen hätte nicht mal ein schnelles Motorboot noch eine Chance gehabt.

Als die Sturmwand mit ihm gleichauf war, zuckte der erste Blitz herab. Schon der Sturm alleine war gefährlich, aber nun kam auch noch ein Gewitter dazu. Wenn es jetzt auch noch Regnen würde, dann konnte er auch gleich aus dem Boot springen! Die dumme Pute zwei Meter vor ihm wäre sicher nicht dazu zu bewegen, mit der Kelle das Regenwasser aus dem Boot zu schöpfen! Sein ganzer Hass traf nun die Frau vor dem Mast.

Und als hätte er es beschworen, fielen auch schon die ersten Tropfen. Dann rief sie von vorn „Land!" und zeigte zur Seite. Alexej schätzte die Entfernung und seine Geschwindigkeit ein. Wenn es da einen Sandstrand gab, dann konnte er sein Boot vielleicht doch noch retten! Träge schwenkte die Jolle in die neue Richtung und beschleunigte weiter. Es wurde immer dunkler und nur die Blitze erleuchteten das Geschehen auf dem Wasser. Nur vorn, hinter der Insel, war noch ein Streifen hellen Lichtes zu sehen, der sein Ziel für ihn markierte. „Schneller kleines Boot!", flehte er seine Jolle an und sie schien ihm zu gehorchen. Oder war es Poseidon, der ihn zum rettenden Ufer zog?

Der Regen wurde immer mehr und er schrie durch den Wind nach vorn „Schöpfe das Wasser aus dem Schiff!", doch die Frau schien ihn nicht zu hören. Stocksteif saß sie vor ihm. Keine zwei Meter entfernt. So dusslig konnte man doch nicht sein! Mit aller Kraft und so laut er konnte brüllte er „Du blöde Kuh! Nimm endlich die Kelle und schöpfe das Wasser nach draußen!", wenn er gekonnt hätte, dann wäre er jetzt aufgesprungen und nach vorn gerannt, aber dann wäre das Schiff umgekippt. Es schwankte auch so schon beträchtlich im Sturm.

Von vorn war keine Reaktion zu sehen. Wollte sie ihn nicht verstehen oder hatte sie ihm gegen den Wind nicht gehört? Das war eigentlich unwahrscheinlich, denn der Wind drückte ja von hinten und damit ging sein Ruf eigentlich genau zu ihr nach vorn.

Hatte er nicht irgendetwas, um sie auf sich aufmerksam zu machen? Schnell blickte er sich um. Das Notpaddel lag vor ihm. Kurzentschlossen ließ er das Segel los, griff das Paddel und schlug ihr damit auf die Schulter. Die Frau drehte sich zu ihm um und er zeigte auf die Kelle, die neben der Frau lag. Sie sah ihn verständnislos an und wieder brüllte er „Schöpfen!" Diesmal schien sie ihn verstanden zu haben, denn sie griff sich die Schöpfkelle und begann langsam das Wasser nach draußen zu bringen.

Für seine Vorstellung viel zu langsam, aber er musste sich wieder auf sein Ziel konzentrieren. Nun musste er auch noch das eindringende Wasser mit in seine Kalkulation einbeziehen. Es wurde knapp! Sehr knapp! Nicht nur der Regen traf in das Boot, sondern auch die Brecher der Wellen, die nun schon etwas höher waren.

Vom Sturm gepeitschte See und Wellen von drei Metern Höhe. Das alles für ein Boot, das gerade mal fünf Meter lang war. Nur mit Poseidons Hilfe waren sie überhaupt noch oben. Jedes andere Schiff in dieser Lage wäre schon längst gesunken.

Ein flehender Blick nach vorn, aber die Insel war im Dunkel versunken. Nur die Blitze brachten noch etwas Licht in die Finsternis. Wie weit mochte es noch sein? Schafften sie es noch? Wenn er alleine gewesen wäre, dann wäre das Schiff leichter und damit auch schneller gewesen.

Also war es nun wieder die Schuld dieser Frau da vorn. „Der Koffer!", sauste es durch seinen Kopf. Ohne den wären sie schneller. Wieder griff er sich das Paddel und schlug zu. „Der Koffer!", schrie er nach vorn, als die Frau sich umdrehte. Wieder sah sie ihn verständnislos an. Aber sie hob den Koffer an und er bekam den Griff in die Hand. Mit einem Ruck flog das Gepäckstück über Bord. Für einen Moment sah er ihre Angst im Licht eines herab zuckenden Blitzes. „Weiterschöpfen!", brüllte er, aber die Frau sah ihrem Koffer hinterher, der schon in der Finsternis verschwunden war.

Im Licht eines neuen Blitzes sah er die Insel wieder. Sie waren nah dran. Der nächste Blitz zeigte ihm, dass sie nicht auf einen Sandstrand zufuhren, sondern auf ein paar Felsen, die am Strand lagen. Mit der Hand zog er das Schwert nach oben, ließ Segel und Ruder los und sprang nach vorn. „Springen sie!", brüllte er die Frau an, doch die tat nichts dergleichen. Dann warf er sie über Bord und sprang hinterher.

8. Kapitel

Regentropfen

Fast war es ein Überfall gewesen. Noch bevor Tom begriffen hatte, was passierte, hatte Ulrike ihn schon vom Stuhl gerissen. Dann hatte sie auf die Wolken über ihm gezeigt und die Zeit hatte gerade noch gereicht, den Plan vom Tisch zu raffen und in den Rohbau des Hotels zu flüchten, bevor ein Regenschwall zu Boden fiel, den man auch im Monsun selten zu sehen bekam. Der Raum, worin sie sich nun unterstellten, sollte mal die Lobby des Hotels werden. Es war der einzige Bereich, der schon über eine schützende Abdeckung durch das erste Stockwerk verfügte. Ringsum war noch der Himmel zu sehen, der immer mehr zur Farbe Schwarz tendierte.

Unmittelbar vor ihnen war nun ein Vorhang aus Regentropfen, die ohne Ende vom Himmel fielen. Der Raum war etwa fünf Mal fünf Meter groß und trotzdem stand Ulrike so nahe, dass er fühlen konnte, wie sie atmete, wie sich ihre Brust hob und senkte.

Als dann der erste Blitz zu Boden zuckte und das Donnern wie ein Kanonenschuss durch den kleinen Raum hallte, da war die Frau noch dichter bei ihm. Enger ging es kaum noch! Zwar wusste er, dass sie ängstlich war, wie sicherlich fast jede andere Frau in solch einer Situation auch, aber das war nun selbst für Ulrike zu viel.

Wenn noch ein paar Blitze mehr die Insel trafen, dann würden ihre beiden Körper sicher verschmelzen, so wie sie sich gegen ihn drückte. Dann fiel ihm ein, dass das Hotel auf dem höchsten Punkt der Insel stand, der Blitzableiter noch nicht eingebaut war und außen herum auch noch ein Stahlgerüst stand. Der perfekte Blitzfänger! Das nächste Rohr des Gerüstes war keinen Meter von ihm entfernt! Vorsichtig zog er sich mit der Frau, die ihn immer noch fest mit ihren Armen umklammerte, in den hinteren Bereich des Raumes zurück.

Irgendwann bremste die Wand seinen Weg und nun war er vollkommen eingekeilt. Hinter ihm der Beton und vor ihm Ulrike, die ihn offensichtlich durch diese Wand drücken wollte. Die Finsternis des Raumes wurde nur durch das Aufleuchten des Gewitters durchbrochen. Ihre Brust drückte sich gegen seinen Oberkörper. Auch wenn sein Geist ihr Widerstehen wollte, da er immer noch diesen Schmerz der Trennung in sich fühlte, sein Körper begann schon auf die Nähe der Frau zu reagieren. Und so nahe, wie sie stand, konnte das nicht von ihr unbemerkt passieren.

„Der Geist ist willig, aber das Fleisch ist schwach", hatte ihm einst ein alter Pfarrer gesagt und genauso fühlte er sich im Moment. Nur das Gewitter hielt Ulrike davon ab, sich nun auf ihn zu stürzen. Immer wieder zuckte sie im Wetterleuchten zusammen. Unwillkürlich hatte er seine Arme schützend um sie gelegt.

So standen sie im Dunklen und er musste an ihren ersten Abend vor langer Zeit zurückdenken. Küssend in einem dunklen Hausflur hatten sie gestanden. Fast so, wie jetzt auch hier. Aber damals war kein Gewitter gewesen, nur Regen. Die Gedanken sausten davon und machten nun seinen Geist frei für das, was da auch immer kommen wollte. Der letzte Blitz zuckte zu Boden, dann war eine Weile Ruhe. Nun standen sie und lauschten dem Regen, der auf das Betondach über ihnen fiel.

Es war so dunkel, dass er sie nur schemenhaft sehen konnte, die Blitze waren vorüber, doch den Druck löste sie nicht. Seine Gedanken flogen zu Jasmin, um sich von Ulrike abzulenken, doch das bewirkte genau das Gegenteil. Nun war es offensichtlich, dass sie es bemerkt hatte, denn ihre Bewegungen waren jetzt so, als ob sie sich an ihm rieb.

„Was soll das?", jagte es durch seinen Kopf und es folgte ein „Denke an den Schmerz von damals!" Aber die Gedanken hatten schon keine Chance mehr, sich gegen die Hormone zur Wehr zu setzen. Mehr als einen Monat Abstinenz sorgte nun dafür, dass seine Arme die Umklammerung an ihren Schultern lösten und nach unten rutschten. Auch ihre Hände begannen zu wandern. Was als Zuflucht vor dem Regen begonnen hatte, das nahm nun eine andere Wendung. Tastend gingen seine Finger in der Dunkelheit auf die Suche, bis sie den Verschluss auf ihrem Rücken fanden. Wenige Augenblicke später lag ihr Bikini auf dem Beton und nun gelang es ihr, ihm noch näherzukommen.

Er hörte das Geräusch eines Reißverschlusses und drehte sich, sie haltend, um. Tom lehnte sie mit dem Rücken an die Wand, an die er zuvor von ihr gedrückt worden war. Seine Hose rutschte ihm bis zu den Knien und fast im selben Moment umklammerte Ulrike ihn mit Armen und Beinen. Selbst wenn er nun noch versucht hätte, zu entkommen, es wäre ihm nicht mehr gelungen! Schnaufend schob sie sich auf ihn oder er sich in sie? Vielleicht war es auch eine gleichzeitige Bewegung von ihnen beiden?

Im monotonen Geräusch der Regentropfen verschmolzen ihre Körper nun wirklich. Seine Bewegungen wurden immer schneller und obwohl er immer wieder versuchte, an etwas anderes zu denken, blieb die lange Abstinenz nicht ohne Folgen. Kurz darauf gab er ihr Schuldbewusst die beiden Stoffteile zurück und musste gleichzeitig wieder an Jasmin denken.

In dem Raum wurde es langsam hell und Ricke ordnete ihre Sachen wieder. Der Regenguss versiegte, sie gab ihm einen Kuss und fragte „Es bleibt doch bei heute Abend?", was er ihr mit einem kurzen „Ja." bestätigte. Dann war sie wieder draußen und er blieb allein zurück. Tom lehnte an der Wand und sah der Frau hinterher. Das war falsch gewesen! Er hatte es gewusst, aber er hatte nichts dagegen tun können. „Mist!", stöhnte er, zog die Hose hoch, ordnete seine Kleidung und nahm den zu Boden gefallenen Plan wieder auf. Das würde er Jasmin verschweigen müssen. Und was würde der Abend bringen? Nur ein Essen als Dank? Ging das noch, nach diesem Nachmittag?

Die Bauarbeiter kamen zurück auf die Baustelle und er zeigte dem Vorarbeiter seinen geänderten Entwurf. Der ältere Mann kratzte sich am Kopf und überlegte. „Oder wollen wir das noch mal alles Abreißen und neu bauen?", fragte Tom sichtlich gereizt nach. Der Bauarbeiter hob abwehrend die Hand und stimmte der Änderung zu, die ja eigentlich Ulrike gemacht hatte.

Damit war die Frau nun aber auch schon untrennbar mit diesem Hotel verbunden. Auch, wenn das nie jemand erfahren durfte. Tom rollte den Plan zusammen und ging durch den Rohbau. Der Regen hatte nicht allzu viel Schaden angerichtet. Eine kleine Baugrube war mit Wasser vollgelaufen. Die würden sie dann noch ausschöpfen müssen.

Dann stieg er auf dem Gerüst nach oben auf die Lobby. Von dort fiel sein Blick auf den Pool des Nachbarhotels. Nur eine Liege war belegt.

Ulrike winkte von dort zu ihm herauf und er grüßte zurück. Versonnen blickte er der Regenwand hinterher, die sich langsam verzog. Er hatte ein schlechtes Gewissen seiner Freundin gegenüber und nun zog ihn etwas in sein Zimmer, um sie anzurufen.

Dort angekommen drückte er die Wahltaste, aber es meldete sich nur der Anrufbeantworter. Vielleicht war das auch besser so, denn sicher hätte sie in seiner Stimme gehört, dass etwas passiert sein musste. Also legte er sich die Sachen für das Essen mit Ulrike auf das Bett, ging unter die Dusche und machte sich bereit für den Abend, was immer er auch bringen würde. Das warme Wasser auf der Haut und das Plätschern der Dusche brachten die Erinnerung an den Regenschauer zurück.

9. Kapitel

Gerettet?

*E*r hatte sie einfach über Bord geworfen. Nun lag sie mit dem Gesicht im Sand und er drückte sie mit seinem Gewicht nur noch weiter nach unten. Durch den Sturm und das Gewitter hindurch war das Bersten von Holz zu hören gewesen, als das Schiff in die Felsen gekracht war, unmittelbar, nachdem sie es so unfreiwillig verlassen hatte. Eine Welle schwappte über sie und Jasmin schluckte Wasser. Sie konnte sich nicht bewegen, da der Mann schwer auf ihr lag und sie damit unter Wasser drückte.

Hustend schluckte sie noch mehr von dem salzigen Meerwasser. Mit all ihrer verbliebenen Kraft bäumte sie sich auf und warf den schweren Körper von sich, dann kam sie auf die Füße und rannte auf den Strand. Auf dem Trockenen ließ sie sich erneut fallen und sah auf die herab zuckenden Blitze, die ihre Umgebung beleuchteten. Noch nie hatte sie Gewitter gemocht, aber jetzt zuckte sie bei jedem Aufleuchten zusammen. Jasmin presste sich die Hände auf die Ohren, aber der Donner war immer noch sehr laut.

So lag sie dort und sah auf die See. Vor lauter Angst hatte sie sich im Boot in die Hose gemacht und alles, woran sie danach hatte denken können, war gewesen, dass sie nicht mit sauberer Unterwäsche sterben würde. Absurder Gedanke! Das eindringende Wasser hatte ihre Hose dann wieder durchgespült. Nun lag sie zitternd an Land und der Schmerz kam zurück. Der Mann hatte sie im Boot geschlagen und ihre Schulter tat weh. So ein Grobian! Nun hatte sie Tränen in den Augen und überlegte sich, ob sie den Mann dafür verklagen konnte. Tobias, der Mann ihrer Schwester, war Anwalt.

Langsam schien der Donner abzunehmen und am Horizont war ein heller Streifen zu sehen. Der Regen hörte auch auf und der letzte Blitz zuckte herab, dann klarte sich der Himmel immer mehr auf. Keine halbe Stunde später war der Himmel wieder so blau, wie er bei ihrer Abfahrt gewesen war. So, als hätte es den Sturm nie gegeben. Sie setzte sich in den Sand und sah sich um. Friedlich lag das Meer zu ihren Füßen. Ein fast idyllischer Sandstrand zog sich von links nach rechts und sie saß direkt am Rand, wo der Sand in den dahinterliegenden Felsen überging. Noch waren ihre Sachen klatschnass, aber die Sonne begann schon wieder alles trocken zu brennen.

Jasmin sah sich noch weiter um, suchte, wo der Mann sich gerade befand und stand schließlich auf. Jetzt konnte sie ihn in etwa dreißig Metern Entfernung an den Klippen stehen sehen. Offensichtlich betrachtete er gerade die Reste seines Schiffes, die dort lagen. Sollte sie hinübergehen? Eigentlich wollte sie mit dem Kerl nichts mehr zu tun haben. Die Schulter brannte und das würde sicher einen blauen Fleck geben, aber sie war noch am Leben.

Mit der Hand rieb sie über die schmerzende Stelle und ging ein Stück zu den Klippen hinüber. Das Boot war vollkommen zertrümmert. Da war kein Stück länger als einen Meter geblieben und wenn der Mann sie nicht aus dem Boot geworfen hätte, dann wäre sie vermutlich beim Aufprall gestorben. Doch das war nun vorbei. Sie war an Land! Nun war sie ja auch nicht mehr auf seine Hilfe angewiesen.

Die Frau drehte sich um und ging los, um am Strand nach anderen Menschen zu suchen, die ja sicher auch auf dieser Insel lebten. Vielleicht gab es auch eine Taverne hier. Das Geld und den Ausweis hatte sie vorsorglich im Brustbeutel um den Hals gehabt. Alles andere trieb jetzt irgendwo im Meer. Jasmin setzte ihre nackten Füße in den weichen und warmen Sand. Es lief sich gut hier. Immer wieder rief sie, aber es schien ihr niemand zu antworten. Vielleicht hatte der Sturm die Menschen in ihre Hütten getrieben. Schritt für Schritt lief sie immer weiter. Da musste doch jemand sein!

Etwa eine halbe Stunde später stand sie an den Klippen mit den Trümmern des Bootes und da es vermutlich nicht zwei zertrümmerte Boote hier gab, war sie einmal um die Insel herum. Diese Insel war damit ziemlich klein! Und am Strand war keine Menschenseele zu sehen gewesen! Nicht mal eine Spur! Aber vielleicht hatte die der Sturm verwischt. Jasmin wendete sich zum Land zu. Hier unten waren die Gewächse gerade mal Hüfthoch, eine kleine Erhebung in der Mitte der Insel war zu sehen, auf der auch ein paar Bäume standen, wenn man da von Bäumen sprechen wollte. Vermutlich war keiner davon höher als zwei Meter.

Sie verließ den weichen Sand und betrat felsigen Untergrund, der auch zwischendurch mit Erde bedeckt und von Pflanzen bewachsen war, aber vermutlich war unter der Erde hier überall nur Stein, denn die Wurzeln waren direkt an der Erdoberfläche und sie konnte diese unter ihren

Füßen spüren. Vorsichtig setzte sie ihre Füße auf, damit sie nicht abrutschte oder sich an den scharfkantigen Steinen schnitt.

Vielleicht konnte sie von der Höhe aus etwas sehen. Obwohl „Höhe" hier schon zu hoch gegriffen war. Der Rodelhügel in ihrer Stadt zu Hause hatte sicher die doppelte Höhe! Trotzdem war es ein beschwerlicher Aufstieg, weil der Untergrund stellenweise viel zu scharfkantig war. Mehr als einmal durchzuckte sie ein Schmerz beim Auftreten, aber bisher hatte sie sich noch nicht geschnitten. Dann war der Gipfel endlich erreicht.

Oben standen ein paar Bäume und es bot sich ihr ein Rundumblick auf die ganze Insel. Die war wirklich sehr klein und erst weit am Horizont war ein dunkler Streifen zu sehen. Vermutlich das Festland. Wie weit mochte es weg sein? Zu weit! Mit Erschrecken sah Jasmin nun auch, dass hier keine Hütte war. Also war diese Insel auch noch unbewohnt!

Neben sich sah die Frau eine Orange an einem Baum hängen. Sie pflückte die Frucht, aber da sie kein Messer hatte, biss sie in die Schale und zog diese dann mit den Zähnen von der leckeren Frucht. Der Saft lief ihr über das Kinn, als sie endlich hineinbeißen konnte. Das war das erste seit der Taverne bei Sofia, was sie wieder essen konnte. Es hingen noch ein paar der Früchte an den Bäumen für später. Unweit von dem Baum sah sie eine Wasserfläche im Sonnenlicht aufblitzen.

Nach zwanzig Schritten war sie dort und kniete sich an das Wasserloch. Es mochte fünf Meter im Durchmesser sein. Mit beiden Händen schöpfte sie das Wasser und trank gierig. Dann stellte sie fest, dass sie immer noch das Salzwasser auf den Lippen hatte.

Noch einmal tauchte sie ihre Hände hinein und wusch sich das Gesicht, dann begann sie ihre Haare zu waschen, als der Mann sie von hinten am Kragen ihres T-Shirts packten und von dort wegriss. Ein klatschender Schlag traf ihre Wange und sie blickte ihn mit aufgerissenen Augen an. Was war los?

10. Kapitel

Zerbrochene Träume

Da lag es nun, sein Schiff! Völlig zertrümmert! Nicht dass er sich nicht jederzeit ein neues hätte kaufen können, aber er hing an diesem Schiff. Oder besser: er hatte daran gehangen! Der Großvater hatte ihm einst diese Jolle geschenkt und nun lag sie hier vor ihm. Ein Haufen Holz, nichts mehr sonst! Das würde nie mehr als Schiff über das Meer gleiten. Für die Frau, die ja an allem Schuld war, hatte er im Moment keinen Blick. Alexej bückte sich und zog die größeren Stücke aus dem Klippen heraus. Vielleicht war wenigstens noch ein Feuer damit zu machen.

Er begann die Reste zu durchwühlen. Viel war nicht übrig, aber das Segel und die Kiste mit dem Proviant waren noch unversehrt. Beides legte er am weitesten oben auf den Strand. Ein kleiner Haufen Brennholz türmte sich schon bald daneben. Alles, was von seinem Traum übrig geblieben war. Ein Liedtext fiel ihm wieder ein „Lebe wohl, weißes Boot!", sang er leise mit. Dann setzte er sich auf die Kiste und sah zum Meer hinaus. Wo war er hier?

Hatte er nicht eine Seekarte irgendwo gehabt? Und einen Kompass? Noch einmal suchte er die Trümmer ab, fand zwar den Kompass, aber die Karte war vom Winde verweht. „Mist!", stöhnte er. Kurz überschlug er die Geschwindigkeit und die Richtung seiner Sturmfahrt, aber für eine genaue Schätzung war das zu wenig. Er öffnete die Kiste und holte eine Scheibe Brot heraus, die er mit etwas Wurst belegte. Das gut verpackte Bier war auch heil geblieben.

„Ein leerer Bauch überlegt nicht gern!", hatte ihm der Großvater oft gesagt und so setzte er sich kauend auf die Kiste zurück. Kurz überschlug er sein Mittel und die Chancen auf Rettung. Vielleicht war auf der anderen Seite der Insel eine Bucht mit einem Hafen, dann würde er von dort zurück zum Festland gelangen können. Die Fähren verbanden ja die kleinen Inseln miteinander.

Er blickte auf und sah die Frau auf der anderen Seite an den Klippen stehen. Also war sie vermutlich einmal rund herumgegangen, denn sie war nicht an ihm vorbei. Damit war es also für ihn aussichtslos denselben Weg zu gehen, denn sie wäre sicher dort geblieben, wenn sich der Aufenthalt für sie gelohnt hätte. Ein Blick später war die Frau verschwunden und er lehnte sich an einen der kleinen Büsche, die den Strand säumten. Die Frau würde sicher in ein paar Minuten wieder zurückkommen. Alexej warf einen letzten wehmütigen Blick auf seine Jolle, dann stand er auf.

Er brauchte einen Überblick und den bekam er nur von Oben! Es war eine Felseninsel, wie es hier sicher tausende davon gab. Ein Stein im Meer.

Beschwerlich war der Weg hinauf, aber nur von dort aus konnte er sehen, ob eine weitere Insel in der Nähe war, die er schwimmend erreichen konnte. Was mit der Frau wurde, das war ihm eigentlich egal. Vielleicht würde er dann von dort ein Schiff zu ihr schicken. Vielleicht!

Ringsum sah er nur blaues Meer, als er auf der Spitze des Berges angekommen war. „Mist!", sagte er laut zu sich selbst. Zwar hatte Poseidon ihn vor dem Ertrinken gerettet, indem er ihm diesen Stein gegeben hatte, aber nun saß er hier fest.

Wo war eigentlich die Frau geblieben? Er sah sich um und erstarrte „Die muss doch wahnsinnig geworden sein!", dachte er, als er sie an einem kleinen Wasserloch knien sah. Der Mann rannte zu ihr hinüber, riss sie von der Wasserfläche zurück und gab ihr eine schallende Ohrfeige. „Hast du deinen Verstand verloren?", brüllte er sie an. In ihren Augen sah er, dass sie es nicht verstanden hatte, deshalb setzte er in derselben Lautstärke hinzu „Du kannst dir doch hier nicht die Haare waschen. Das ist das einzige Trinkwasser, was es auf dieser Insel gibt. Wer weiß, wie lange wir hier bleiben müssen!"

Sie rieb sich die rote Wange und er sah, dass sie mit den Tränen zu kämpfen hatte. Aber er sah auch den Trotz in ihrem Blick. „Wasch dich gefälligst im Meer. Das hier ist Trinkwasser!", setzte er deshalb noch einmal nachdrücklich hinzu. Vielleicht hatte sie es ja nun verstanden. Er richtete seinen Blick wieder auf die ferne Küste. Wie weit mochte diese wohl entfernt sein? Zwanzig oder dreißig Kilometer vielleicht. Selbst sein Freund Grigori, der vor ein paar Jahren mal auf Hawaii beim Iron Man dabei gewesen war, der würde diese Strecke nie im Leben schaffen. Und er gleich gar nicht, so untrainiert wie er gerade war.

Blieb also nur, hier zu warten und zu hoffen, dass jemand sie finden würde. Die Frau war aufgestanden und fragte ihn „Wie weit ist das wohl?" „Zu weit zum Schwimmen! Bestimmt dreißig Kilometer!", sagte er trotzig und setzte hinzu „Oder sind sie Triathletin?" Dann fasste er prüfend an ihren Oberarm, den er fast mit einer Hand umgreifen konnte. Die Frau zuckte zurück und er ließ wieder los. „Halten sie sich vom Wasser fern!", sagte er noch einmal drohend, dann ließ er sie stehen und stieg wieder hinab zu seinem zertrümmerten Schiff.

Langsam störte ihn die sengende Hitze auf seinem Kopf. Es würde sicher noch ein oder zwei Stunden dauern, bis die Sonne endlich untergegangen war. Mit den Holzresten und dem Segel baute er ein provisorisches Dach, unter dem er etwas Schatten fand. Dort setzte er sich wieder auf die Kiste mit dem wertvollen Inhalt. Er hatte genügend Wasser in dem Tümpel und Verpflegung in seiner Kiste, die für drei oder vier Tage reichen würde.

Abschätzend sah er auf das Meer hinaus. Wie lange konnte das dauern, bis ihn hier jemand fand? Von seinen Angehörigen wusste keiner, wo er war. Das war ja von Anfang an der Plan gewesen. Da würde ihn nun aber auch keiner suchen. Aber sicher würde die Frau gesucht werden, wenn sie am Ziel ihrer Reise nicht ankommen würde. Sein Blick ging nach oben. Wie machte man die Suchflugzeuge auf sich aufmerksam?

Ein paar Minuten später hatte er mit schwarzen Steinen auf dem hellen Sand das Wort „HELP" ausgelegt. Hoffentlich gut sichtbar von oben. Langsam senkte sich die Sonne zum Horizont hinab. Eigentlich war das hier eine schöne Insel, wenn man davon auch wieder wegkommen könnte.

Mit den Holzresten und einem Feuerzeug aus seiner Kiste machte er ein Feuer vor seiner vorübergehenden Behausung. Dann nahm er die Feldflasche und stieg noch einmal zum Wassertümpel hinauf, um die Flasche zu füllen. Die Frau plünderte gerade einen Orangenbaum, der in der Nähe stand, aber er beachtete sie nicht. Er hatte mit sich selbst zu tun.

11. Kapitel

Einsam und verlassen

Sie hatte beschlossen, diesen Mann zu verklagen. Noch nie hatte sie jemand geschlagen und dieser Mann hatte es an diesem Tag nun schon zum dritten Mal getan. Wut, Zorn und Trotz kämpften in ihr miteinander. Zum Glück hatte sie die Orangen und es waren offensichtlich mehr, als sie beim ersten Blick gesehen hatte. Etwa zehn Bäume mit jeweils zehn saftigen Orangen. Auch Blüten waren noch welche dran und einige Früchte waren noch grün

Jasmin setzte sich unter eines der Bäumchen und legte sich drei der Früchte in den Schoß. Eine nach der anderen wurde verspeist mit dem Blick zur fernen Küste. Dreißig Kilometer hatte der Mann gesagt. Zu Hause lief sie einmal in der Woche einen Halbmarathon. In etwa diese Strecke, aber mit dem Schwimmen war das schwieriger. Da würde sie keinen Kilometer weit kommen.

Blieb also nur, zu hoffen, dass jemand nach ihnen suchen würde. Sicherlich würde der Mann und das Boot vermisst werden, wenn sie nicht am Platz in der anderen Bucht eintreffen würden. Zwar hatte er sicherlich Bescheid gegeben, dass sie noch einen Tag länger brauchen würden, doch am nächsten Tag würde dann jemand die Suche beginnen.

Bei ihr wusste ja niemand, wo sie hinwollte und Sofia wusste ja nicht, wen sie auf der anderen Insel suchte. Nur, dass sie auf das Boot gestiegen war und das es einen Sturm gegeben hatte. Da würde dann sicherlich am nächsten Tag die Rettungsmannschaft auf die Insel kommen und sie von diesem Unhold befreien. Nur eine Nacht! „Ach Tom!", stöhnte sie und biss in die nächste Orange.

Seit einem Jahr waren sie zusammen und nun das erste Mal so lange getrennt. „Blöde Idee!", stöhnte sie erneut und begann die letzte Frucht zu schälen. Es war mühsam, aber wohlschmeckend. Die ganze Sonne hatte die Frucht gefangen und war süß und saftig. Wieder lief ihr dieser Saft am Kinn herab. Nach dem letzten Bissen erhob sie sich und ging zum Wasserloch, welches ja nur ein paar Schritte entfernt war. Gierig trank sie das Wasser, dann blickte sie sich schnell um, ob der Mann in der Nähe war. Ebenso schnell wusch sie sich den restlichen Saft vom Kinn und ging zurück in den Schatten des Baumes.

Jetzt erst hatte sie wirklich die Zeit, ihre Situation richtig zu bedenken. Sie war zwar vor dem Ertrinken gerettet worden, aber sie saß hier mit einem brutalen Schläger fest. Der nächste Mensch war mehr als dreißig Kilometer weit entfernt. Unerreichbar für sie! Jasmin sah an sich herunter. Sie trug noch das rote T-Shirt und eine kurze Jeans, die sie selbst oberhalb der Knie abgeschnitten hatte. Darunter hatte sie nur den roten Bikini. Sonst besaß sie nichts mehr. Alles andere war mit ihrem Koffer zusammen im Meer gelandet!

Praktisch war sie dem Mann schutz- und wehrlos ausgeliefert und er war stark. Das hatte sie bei seiner Berührung an ihrem Oberarm gemerkt. Die Angst vor ihm kroch durch ihre Beine nach oben. Suchend ging ihr Blick umher, ob da nicht irgendein Knüppel war, mit dem sie sich vielleicht gegen ihn zur Wehr setzen konnte, falls er sie noch einmal schlagen oder anderweitig bedrängen würde.

Doch hier lagen nur dünne, trockene Zweige herum, kein dicker Ast. Auch sonst war das hier die sauberste Waldfläche, die sie jemals gesehen hatte. Fast so, als ob es irgendwann einmal ein Garten gewesen wäre. Hatte vielleicht auch jemand die Orangenbäumchen hier gepflanzt? Die Frau erhob sich und begann im letzten Licht des Tages die Bergkuppe zu umrunden.

Dabei sah sie auch das Feuer, dass der Mann unten am Strand gemacht hatte. Nach einer Weile stieß sie auf die verfallenen Reste einer Hütte. Das Dach war eingefallen, aber mit etwas Mühe hätte man die Hütte wieder errichten können. Nur lohnte sich das für eine Nacht eben nicht. Als die Sonne im Meer versank, setzte sie sich an die grob behauene Steinmauer. Die nackten Beine weit von sich gestreckt hatte sie das Feuer immer im Blick.

Mit der Sonne verschwand auch die Hitze des Tages. Sicherlich hatte dies der erfahrene Mann gewusst und deshalb das Feuer entzündet. Jasmin schlug sich frierend die Arme um die Schultern und begann nach einer Weile vor Kälte zu zittern. Jedoch nach unten wollte sie nicht. Da war ja dieser Schläger! Sie hätte jetzt in die verfallene Hütte kriechen können, aber da drin war es ohne

Feuer sicherlich genauso kalt, wie hier draußen. Die junge Frau brauchte ein Feuer und Wärme! Trockenes Holz war ja genug da, aber ohne Feuerzeug würde sie daran scheitern, hier ein kleines Feuer zu entzünden. Vielleicht war ja in der Hütte etwas, was ihr half? Der Mond erschien und beleuchtete ihre Suche. Vorsichtig kroch sie in die Ruine und tastete sich nach vorn.

Sie hatte Glück und wenig später hatte sie einen Gegenstand in der Hand, der sich nach Feuerzeug anfühlte. Sie drehte an dem Reibrad und eine kleine Flamme züngelte auf. „Danke!", sagte sie dem unbekannten Spender, der ihr diese Quelle von Wärme und Licht hier zurückgelassen hatte. Nach ein paar Minuten hatte sie ein paar trockene Holzscheite zusammengetragen und mit dem letzten Rest des Benzins aus dem Feuerzeug züngelte schon wenig später eine kleine Flamme aus dem Holz.

Doch es dauerte sicher keine zehn Minuten, dann stand der Mann vor ihr und schrie sie wieder an „Du hast wohl jetzt komplett deinen Verstand verloren? Du kannst doch hier im Wald kein Feuer machen." Dann trat er das mühsam errichtete Feuer zusammen, bis der letzte Glutrest unter der schnell aufgeworfenen Erde begraben war.

Die Frau duckte sich weg und konnte nur zusehen. Wenig später stapfte der Mann, laut schimpfend, wieder hinunter zu seinem Feuer. „Der hat es warm und ich darf frieren?", sagte sich Jasmin laut und sprang auf. Das Feuerzeug versagte nun aber. Nur noch Funken sprühte der Feuerstein, wenn sie das Rad drehte.

„Mist!", schrie sie und warf das nutzlose Metallteil im hohen Bogen, dem Mann hinterher, in den Wald. Jetzt kroch wieder die Kälte an sie heran, aber nach unten wollte sie immer noch nicht. Der rote Feuerschein schien sie auch noch verhöhnen zu wollen. Mit den Tränen kämpfend sagte sie „Das ist doch nicht fair!" Zumindest würde der Mann sie in der Nacht in Ruhe lassen, denn sonst wäre er ja schon über sie hergefallen.

Mit dem Blick auf das wärmende Feuer schlug sie sich mit den Armen um die Schultern und wartete auf die Sonne des nächsten Tages.

12. Kapitel

Ein Abend unter Freunden

Ein runder Tisch, festlich gedeckt, mit Kerzen beleuchtet. Tom hatte sie in eines der kleinen Restaurants geführt, die es hier gab. Mit Blick auf das Meer, welches man nun in der Dunkelheit natürlich nicht mehr sehen konnte. Aber man konnte die Wellen hören, die nur etwa zehn Meter unterhalb ihres Tisches gegen die Steine an der Küste schlugen. Über ihnen leuchteten die Sterne und eigentlich wäre es der perfekte Platz für ein frisch verliebtes Paar. Hatte Tom das mit Absicht gemacht? In Anbetracht des nachmittäglichen Stelldicheins im Regen? Oder hatte der Ober nur etwas nicht richtig verstanden?

Mann, Frau, Essen am Abend? Das romantische Ambiente verfehlte seine Wirkung jedenfalls bei ihr nicht. Sie begannen wieder zu plaudern, wie sie es früher oft gemacht hatten. So eine alte Vertrautheit stellte sich bei ihr wieder ein. Das vergangene Jahr schien es nie gegeben zu haben. Warum war sie nur gegangen? Wegen seiner Besessenheit für die Arbeit!

Der nächste Schritt musste sorgfältiger vorbereitet werden, als das, was da in dem Rohbau passiert war. Wenn sie ihn nicht verlieren wollte oder besser erst mal wieder für sich gewinnen wollte, dann würde sie sich nun etwas langsamer an ihn herantasten. Auf Abstand halten! Tom hatte die verbotene Frucht gekostet und nun war es ihre Aufgabe, ihm zu zeigen, was er bekommen konnte! Aber es ihm auch nicht zu leicht zu machen! Anlocken, aber auf Abstand halten. Zum Glück hatte sie ja auch noch die Option auf den Segelausflug mit dem doch sehr attraktiven griechischen Händler. Also konnte sie sich entspannt zurücklehnen und schauen, was werden würde. Zumindest begann es als Abend unter alten Freunden.

Nur ihr Tisch war belegt. Die drei anderen waren verwaist. Der Kellner war schnell und der rote Wein lecker. Das alte Lied vom griechischen Wein fiel ihr wieder ein. Konnte es etwas Schöneres geben, als hier zu sitzen und den Tag zu genießen? Ja! Da gab es noch etwas anderes! Die Gedanken gingen zum Nachmittag zurück. Da war es nur viel zu schnell vorbei gewesen. Im Stehen, gegen eine Wand gelehnt! Nicht wirklich das, was eine Frau sich wünschte. Allein der öffentliche Ort und die Gefahr erwischt zu werden, hatten für den nötigen Kick gesorgt.

Seit Stunden waren sie nun schon in diesem Restaurant und immer noch waren sie die einzigen Gäste. Irgendwie seltsam. Aber sicher waren die Familien in ihren Hotels. Die Kinder schon im Bett und die Erwachsenen vor dem Fernseher oder ebenfalls im Bett. Ulrikes Hände spielten mit dem Stiel des Glases. Dann ging der Mond auf und spiegelte sich im Wein. Der Kellner kam und brachte die Rechnung, offensichtlich war nun Küchenschluss. Trotzdem trank sie genüsslich den Wein aus. Es wäre zu schade gewesen, dieses köstliche Getränk im Glas zu lassen Doch beim Aufstehen merkte sie, das es eventuell doch der ein oder andere Schoppen zu viel gewesen war.

Schwer war die Zunge und schwer waren ihre Schritte. Unsicher der Gang und Tom nahm sie beim Arm. Untergehakt gingen sie langsam den Weg zurück zu ihrem Hotel. Wie früher lehnte sie sich im Gehen an ihn an. Es tat so gut, seine Nähe zu spüren. In der Frische der Nacht hatte er ihr seine Jacke um die Schultern gehängt und sie genoss diese Aufmerksamkeiten.

Wieder fiel ihr der andere Freund ein, den sie so nach Hause bringen musste, wie jetzt Tom sie führte. Absichtlich zögerte sie den Weg so lange hinaus, bis es eben nicht mehr ging. Schließlich standen sie voreinander unter der Laterne vor ihrem Hotel. Noch standen sie als Freunde, würde daraus in den nächsten zwei Minuten mehr werden? Das Licht des Mondes spiegelte sich nun in seinen Augen, als sie zu ihm aufsah.

Ging da noch etwas?

Ulrike wartete einen Augenblick, bevor sie die Lippen zu seinen hob. Er wich ihr nicht aus, sondern erwiderte ihren Kuss.

Freundschaft oder Liebe? Ihre Zunge tastete sich voran und traf die seine. Liebe!

Noch wusste sie, wie sie ihn zu nehmen hatte. Wusste auch er es noch? Sie drückte sich an ihn und er umfing sie mit seinen Armen. Es schien ihr, als würde das Stunden dauern, bis er sich von ihr löste. „Was nun?", war ihr überraschter Gedanke. Machte er einen Rückzieher? „Ich habe eine Freundin!", sagte er und wollte sich noch weiter von ihr zurückziehen, doch sie hielt ihn am Arm fest. „Das fällt dir aber ziemlich spät ein!", entgegnete sie, fast ein wenig traurig. Aber wie hatte sie nur davon ausgehen können, dass er nach ihr Single geblieben war.

Noch immer hielt sie ihn fest. „Und was war das dann heute Nachmittag?", fragte sie ihn weiter mit schwerer Zunge. Sie sah, dass er mit den Schultern zuckte. So leicht wollte sie den Fisch aber nicht von der Angel lassen. Wenn sie jetzt nicht nachsetzte, dann würde ihr wirklich nur der Segelausflug bleiben. Zwar war dieser junge Mann auch nicht zu verachten, aber er war eben nur etwas für den Urlaub.

Wenn sie es geschickt anstellen würde, dann hatte sie etwas für den Urlaub und etwas für danach. Die erste Option, ihn heiß zu machen und danach alleine ins Bett zu gehen, gab es nun nicht mehr. Plan B musste her! Und zwar schnell. Ihr vom Wein umnebelter Verstand arbeitete auf Hochtouren, so gut das eben noch ging. „Nur die Hand nicht loslassen!", war das Mantra der Stunde. Solange sie ihn festhielt, konnte er nicht verschwinden.

„Kommst du noch auf einen Kaffee mit rauf?", fragte sie schnurrend, obwohl sie gar keinen Kaffee auf ihrem Zimmer hatte. Aber das war das Einzige, was ihr noch einfiel. Sie spürte, dass er ihr entgleiten wollte, daher setzte sie noch nach „Geh nicht!" und klammerte sich an seine Hand. Wenn er jetzt einen Schritt auf sie zu machte, dann hatte sie gewonnen. Kam er?

Ulrike sah, dass er überlegte, daher gab sie ihm noch einen Kuss, dem er erneut nicht auswich. Das war schon mal die Hälfte des Erfolges. Er kam auf sie zu und nickte. Dann liefen sie in das Hotel. Was nun kommen würde, das war ihr egal. Er hatte den wichtigen Schritt gemacht und sie hatte gewonnen, auch wenn sie nun nur noch kuscheln würden. Eine Minute später waren sie auf ihrem Zimmer und sie fiel in seine Arme.

13. Kapitel

Schatten der Vergangenheit

Die Sonne traf direkt in ihr Gesicht. Da sie sich am Abend extra mit dem Gesicht zu der Stelle gesetzt hatte, an welcher die Sonne untergegangen war, musste da etwas falsch sein. Mühsam öffnete Jasmin ihre Augen und sah die Sonne über dem Horizont zwischen den Bäumen stehen. Sie war irgendwann in der Nacht dann doch eingeschlafen, an dem Baum herabgerutscht, an welchem sie gelehnt hatte, und musste sich dann auch noch im Schlaf gedreht haben.

Nun lag sie auf der Seite. Sie gähnte ausgiebig und setzte sich auf. Ihr Blick ging zum Wasserloch, aber dort wollte sie sich nicht waschen. Vielleicht würde der Mann sie dann wieder anbrüllen. Daher ging sie auf der anderen Seite den Hügel hinab, zog sich T-Shirt und Hose aus und rannte im Bikini in die flache See hinein. Dort sitzend wusch sie sich ausgiebig im Salzwasser. Die Wärme der Sonne tat so gut auf ihrer Haut, nach der Kälte der Nacht.

Die Schulter tat immer noch weh und eine leichte Blaufärbung zeugte von den beiden Schlägen mit dem Holzknüppel. Vorsichtig wusch sie diese Stelle ab. Eigentlich musste sie nun nur noch warten, bis das Schiff gekommen war, dass sie hier retten würde. Oder bis der Hubschrauber am Strand landete. Von der Höhe aus hatte Jasmin die Schrift gesehen, die der Mann dort ausgelegt hatte und hier war schließlich Mitteleuropa und nicht irgendwo in den Weiten eines Ozeans, wie es die Insel von Robinson gewesen war.

Dann dachte sie an das Buch zurück, das sie als Kind sicher zehn Mal gelesen hatte. Seltsamerweise war am Tag zuvor Freitag gewesen. Nur eine zufällige Parallele? Schließlich erhob sie sich aus dem Wasser und ging zum Strand zurück. Wo war wohl der beste Platz zum Beobachten? Sicherlich oben auf dem Hügel mit besten Rundumblick.

Mit den Sachen in der Hand stieg sie wieder hinauf zu den Bäumen mit den köstlichen Früchten. Mit fünf Orangen setzte sie sich im Bikini zum Trocknen in die Sonne. Wenn es hier ein Hotel mit Bar und weichen Betten geben würde, dann wäre dies hier das Paradies! Aber bei der

Begleitung? Sie warf einen verächtlichen Blick hinunter, wo in der Nacht das Feuer gebrannt hatte. Jetzt war da unten nichts zu sehen. Vermutlich schlief der Idiot noch. Eine Frucht nach der anderen wanderte in ihren knurrenden Magen.

Nach der dritten Frucht sah sie vor sich auf dem Meer ein weißes Schiff. Jasmin ließ alles fallen und rannte hinab zum Strand. Im Moment war ihr dabei egal, dass der Mann dort irgendwo war. Die erhoffte Rettung war nahe und wenn das Schiff sie mitnahm, dann wäre ihr der Mann egal!

An der Uferlinie winkte sie. Sie schrie und hüpfte auf und ab, aber das Schiff fuhr einfach weiter. Resigniert stand sie wenig später dort. Ihr war zum Heulen zumute und der Mann sagte von hinten „Was hampelst du hier so herum?" Sie drehte sich um und sah, dass er unter einer Plane im Sand lag. Lang ausgestreckt auf dem Rücken die Hände unter dem Kopf.

„Da war ein Schiff!", sagte sie laut. „Ja! Die Fähre!", entgegnete er, blickte auf seine Armbanduhr und setzte hinzu „Sogar pünktlich!" „Sollten wir die nicht erreichen?", fragte Jasmin fassungslos über die Teilnahmslosigkeit des Mannes.

Er setzte sich auf und entgegnete „Das war etwa eine Seemeile entfernt! Wenn da nicht gerade jemand mit einem Teleskop in deine Richtung gesehen hat, dann kann er dich auf diese Entfernung auch nicht erkennen!" „Sollten wir da nichts unternehmen, damit er in meine Richtung sieht?", fragte sie und blickte zurück zu der Stelle, wo das Schiff verschwunden war. „Und was?", fragte er und öffnete eine Kiste. Der Mann nahm sich ein Bier, setzte sich zurück in den Sand und ließ es sich schmecken. „Idiot!", zischte Jasmin und er lachte.

„Wir müssen auf einen Hubschrauber oder einen Fischer warten, dann hätte dein Gehampel einen Nutzen. Vielleicht solltest du dann auch dein Oberteil weglassen!", sagte er lachend und erst jetzt realisierte sie, dass sie im knappen, roten Bikini vor ihm stand. An einem öffentlichen Strand wäre das für sie kein Problem, aber hier, so allein mit dem Mann, wollte sie ihn nicht reizen oder auf dumme Ideen bringen. Jasmin drehte sich wieder zurück zur Anhöhe und rannte, so schnell sie konnte, den Hügel wieder hinauf, wo ihre Sachen mittlerweile in der Sonne getrocknet waren.

Angezogen hockte sie sich mit den verbliebenen Früchten in den Schatten der alten Hüttenmauer. Von dort hatte sie nur die Richtung mit der Fähre im Blick. Die drei anderen Himmelsrichtungen waren durch die Mauer und die Bäume versperrt. Aber einen Hubschrauber würde sie auch so von weitem hören. Nach der letzten Frucht wurde es Jasmin langweilig und daher beschloss sie, die Hütte zu erkunden.

Sie drehte sich zum Eingang und kroch auf allen vieren in die zerfallene Behausung hinein. Hinter dem Eingang stand ein Tisch und das Dach war auf diesen Ständer gesunken. Offensichtlich hatte jemand dieses Möbelstück sehr stabil gefertigt. Wer mochte hier wohl mal gelebt haben? Fischer? Bauern? Ein junges Pärchen auf der Flucht vor der Welt? Adam und Eva? Kniend sah sie sich im schattigen Halbdunkel um. Ein breites Bett war zu sehen und ein Schrank an der hinteren Hüttenwand. Vorsichtig kroch sie auf Händen und Knien dorthin.

Vor dem Möbelstück war ein Loch im Dach, wodurch sich Jasmin aufrichten konnte. Der Schrank stand durch diese Öffnung halb in der Hütte und zur Hälfte über dem Dach. Die Tür klemmte, aber sie wollte unbedingt wissen, was darin war, deshalb stemmte sie sich mit aller Kraft dagegen. Mit einem Ächzen ging die verquollene Tür auf und ein Geruch nach vermoderter Kleidung schlug ihr entgegen.

Anscheinend war jemand ziemlich hastig aufgebrochen. Sonst hätte derjenige seine Hemden sicherlich nicht zurückgelassen. Auch ein BH lag dort, aber der schien uralt zu sein. Vermutlich war der aus den Fünfzigern oder Sechzigern. Ihre Mutter hatte mal auf einem Jugendbild ein ähnliches Modell getragen. Mit zwei Fingern zog sie das Kleidungsstück hervor. Dabei gab er ein Päckchen in einer Plastiktüte frei. Jasmin ließ den BH fallen, zog das Päckchen aus dem Schrank heraus, kroch aus der Hütte und sah sich ihren „Schatz" an.

Nach dem Auspacken kam ein vergilbtes Notizbuch zum Vorschein. Vorsichtig schlug sie den Einband auf. „Gaby - Sommer 1965" stand in einer Mädchenschrift mit geschwungene Buchstaben auf der ersten Seite und ein Bild klebte darunter. Ein Mädchen mit Sommersprossen und langen Zöpfen lächelte sie an. Schnell schlug sie die letzte Seite auf. Von dort blätterte Jasmin bis zum letzten beschriebenen Blatt zurück. „Ich bin jetzt vier Monate hier!", stand oben auf der Seite. „Hoffentlich warst du freiwillig so lange hier!", brach es aus Jasmin heraus.

Jasmins Blick ging zum Strand hinunter. Mit dem Mann da unten wollte sie lieber nicht vier Monate auf diesem Eiland gefangen sein. Nun blätterte sie weiter nach vorn und da sie sowieso nichts Besseres zu tun hatte, begann sie zu lesen, was Gaby einst ihrem Tagebuch anvertraut hatte. Kurz zögerte sie, ob sie diese Indiskretion wagen sollte, doch dann siegte die Neugier

14. Kapitel

Segeltour

Ulrike wachte allein im Bett auf und fragte sich, ob der vergangene Abend nur ein Traum gewesen war, aber die Kopfschmerzen sagten aus, dass zumindest der Wein real gewesen war. Und die Nacht? Das zerwühlte Bett und die Tatsache, dass sie nackt war und ihr Schlafanzug unbenutzt über dem Stuhl hing, sprachen dafür, dass Tom bei ihr gewesen war. Sie setzte sich auf, hielt sich den schmerzenden Kopf und sah einen Zettel auf dem Nachttisch liegen. „Ich danke dir. Tom" stand darauf. Über dem i von „Dir" hatte er ein kleines Herz gemalt, so wie früher.

Also war er noch nicht für sie verloren. Die Kopfschmerzen wurden übermächtig. Mit beiden Händen hielt sie nun ihren Kopf und dachte mit Erschrecken daran, dass ja auch noch eine Segeltour ausstand. Die Frau schleppte sich eher zur Dusche, als das sie ging. Das kalte Wasser vertrieb den Alkohol und der Kaffee im Restaurant beruhigte wenig später ihren Magen.

Durch das Fenster sah sie den Laden und den jungen Mann, der davor auf einer Bank im Schatten saß. Bikini, T-Shirt, kurze Hose, Sonnencreme und Sonnenbrille, mehr brauchte sie nicht. Und Tom würde sicher den ganzen Tag mit seiner Arbeit beschäftigt sein. Auch er saß schon, über seine Zeichnung gebeugt, neben der Straße. Nun blieb es an ihr, zu entscheiden. Nach links zum Segeln oder nach rechts, um den ganzen Tag zu warten. „Segeln wir!", sagte sie laut, ging sich umziehen und lief zum Geschäft. „Können wir?", fragte sie und lächelte den jungen Mann an. Er nickte, nahm einen Korb, stand auf und rief etwas in Griechisch in den Laden. Dann brachen sie auf. Es ging zum Meer hinunter.

Ein kleines Boot lag am Ende des Steges. Noch war das Segel verpackt, doch der junge Mann, dessen Namen sie noch nicht einmal kannte, machte sich schnell an sein Werk. Jeder Handgriff war sicher schon hunderte Male gemacht worden, denn alles sah sehr professionell aus. Das Meer war glatt wie ein Spiegel. Wie sollte man da ohne Wind überhaupt vom Steg wegkommen? Ulrike wusste es nicht, aber sicher wusste es der Mann. Er reichte ihr die Hand und half ihr in das Boot. Dann gab er ihr den Korb und löste die Seile. Als er in das Segelboot sprang, setzte ein Wind ein, der offensichtlich genau bis zu diesem Moment gewartet hatte. Das Segel ging am Mast hoch, der Wind blähte es auf und schob sie auf das offene Meer hinaus. Ulrike legte sich nach vorn und sah auf das leicht gekräuselte Wasser. Immer schneller wurden sie.

Dann zog das Boot zur Seite und begann an der Insel entlangzufahren. Es waren sicherlich fast tausend Meter bis zum Ufer hinüber. Ulrike entledigte sich des T-Shirts und der Hose, schmierte sich reichlich mit Sonnencreme ein und legte sich auf das Dach der Kabine in die Sonne. Es war ein herrlicher Tag für eine Ausfahrt, doch dann fiel ihr ein, dass sie ja niemanden gesagt hatte, wohin sie gegangen war. Und im Hafen war auch niemand gewesen, der sie hätte ausfahren sehen können. Wenn mit dem Boot etwas passieren würde, so wäre sicher niemand in der Lage, nach ihnen zu suchen. Bestimmt hatte auch Tom ihren Aufbruch nicht gesehen, obwohl sie ja nur ein paar Meter vor ihm vorbeigegangen war. Der war schon viel zu tief in seine Arbeit verstrickt gewesen. Sie kannte das ja noch von früher.

Kurz sah sie sich um, der junge Mann lächelte sie an und sie legte sich wieder zurück. Heute wollte sie Spaß habe und deshalb schob sie alle

Bedenken weit von sich. Ihr Kapitän würde schon wissen, was er tat. Ein letzter Blick zu der Schwimmweste, die neben ihr lag und alles war gut. Lang ausgestreckt genoss sie die Fahrt. Der Wind kühlte sie und die Sonne wärmte sie auf. Genau die richtige Mischung! „Kommst du nach hinten?", fragte der Mann nach einer ganzen Weile und Ricke stand auf. Vorsichtig balancierte sie zum Heck und setzte sich neben den Mann, der das Ruder fest im Griff hatte.

„Ich bin Elias", sagte er und gab ihr eine Hand „Ricke", sagte sie zurück und drückte ihm freundschaftlich die Hand. Sein Händedruck war stark, was wohl vom Segeln kam, den er griff oft sehr kräftig in die Seile, die das Segel hielten. Mit der Nennung seines Namens konnte nun eigentlich nichts Schlimmes mehr passieren. Für einen Moment machte ihr ihre Unvorsichtigkeit selber Angst, dann wischte sie diesen nutzlosen Gedanken beiseite. Ulrike legte den Kopf schief und musterte ihren Steuermann. Hübsch war er!

„Wir machen eine kurze Fahrt auf die andere Seite der Insel. Da ist eine kleine Badebucht und dort können wir ungestört schwimmen. Kaum ein Mensch kommt dort hin. Dann werden wir was essen", erklärte er und dabei zeigte er auf den

Korb zu ihren Füßen, aus dem der Hals einer Flasche ragte. Der Rest war mit einem Tuch verdeckt.

Die Frau lupfte einen Zipfel des Tuches und der Geruch von frisch gebackenem Brot und geräuchertem Schinken strömte daraus hervor. Schon jetzt lief ihr das Wasser im Mund zusammen. Schnell bedeckte sie den Korb wieder, um den Geruch darin zu belassen. „Fein", sagte sie und setzte hinzu „Ich freue mich."

„Und nach dem Essen könnten wir ja vielleicht…", sagte Elias lächelnd und zog eine Schachtel aus seiner Hosentasche, auf welcher ein buntes Kondom abgebildet war. Verstohlen schob er die Packung zurück und sie lächelte verschmitzt zurück. „Mal schauen", sagte sie und sah wieder nach vorn. Zwar fühlte sie sich mit diesem Angebot etwas überrumpelt, aber sie war dem Ganzen nicht abgeneigt. Er hatte ja an die Kondome gedacht. „Spaß muss sein!", rauschte es durch ihren Kopf und sie musste lächeln.

Lautlos zog das Boot dahin. Immer die Insel an der Seite, die aber so weit weg war, dass sie diese niemals hätte schwimmend erreichen können. Vorn sprangen zwei Delfine aus dem Wasser und sie zeigte lachend darauf. Dann bog das Boot mit dem Bug in Richtung Insel ab und schon wenig später warf Elias in einer malerischen Bucht vorn den Anker über die Bordwand.

Fast gleichzeitig mit dem Anker waren auch sie beide im Wasser und schwammen eine kleine Runde in dem herrlich blauen Wasser der Bucht. Diese war so von Büschen gesäumt, dass der Zugang sicher nur vom Wasser aus möglich war. Eine einsame Bucht. Mit zwei planschenden Menschen darin. Es folgte das Essen und der Schinken hielt bei seinem Geschmack, was der Geruch versprochen hatte. Auch der Wein war lecker und erinnerte sie an den vergangenen Abend. Aber in Anbetracht der Kopfschmerzen des Morgens hielt sich Ulrike damit etwas zurück.

Nach erfolgter Stärkung kam etwas „Sport" unter Deck dazu. Zuerst kuschelten sie sich in die Kabine. Das Bett war zwar schmal, aber es war genauso hart, wie es sein musste. Die Dünung in der Bucht ließ das Boot sanft hin und her schaukeln. Elias war sehr zärtlich und seine Finger gingen auf Erkundungstour. Sanfte Küsse bedeckten schon bald ihren ganzen Körper. Verlangend drückte sie sich ihm entgegen und schließlich kam diesmal auch Ulrike auf ihre Kosten. In der Abgeschiedenheit der stillen Bucht hörte sie niemand schreien und sie konnte alles herauslassen. Erschöpft fiel sie zurück und schmiegte sich nackt an ihn an. Nach ein paar Minuten hörte sie, wie er neben ihr leise zu schnarchen begann.

Auf dem Rückweg lag sie wieder vorn in der Sonne und als sie am Abend das Hotel erreichte, da saß Tom immer noch so vor seiner Baustelle, wie sie ihn am Morgen verlassen hatte. Nichts hatte das vergangene Jahr bei ihm geändert.

War es richtig, was sie hier versuchte? Das war doch bereits einmal gescheitert. Leise seufzend betrat sie das Hotel.

15. Kapitel

Gaby

Als am Abend die Dämmerung hereinbrach war Jasmin immer noch auf der Insel. Sie hatte das Tagebuch von Gaby verschlungen. Eine junge Frau, fast in ihrem Alter, hatte hier mit ihrem Freund Hans einen ganzen Sommer verbracht. Sie hatte ihrem Tagebuch intime Details aus dieser Beziehung anvertraut und Jasmin fragte sich, warum sie wohl dieses brisante Tagebuch und ihre sämtlichen Sachen hier zurückgelassen hatte. War ein Schiff gekommen, welches sie geholt hatte? Aber da wäre doch bestimmt noch Zeit gewesen, dieses wichtige Dokument mitzunehmen.

Was war passiert? Darüber stand nichts darin. Logischerweise! Warum ließ jemand seine Erinnerungen einfach so zurück? Und die Wechselsachen noch dazu? Warum solch ein hektischer Aufbruch? Waren Seeräuber gekommen, wie bei Robinson? Piraten? Hier vor Griechenland? Eher unwahrscheinlich! Was war 1965 hier geschehen? Der Mann unten am Strand konnte es wissen, aber den wollte sie nicht fragen. 1965?

Ihr fiel es nicht ein. Hätte sie doch früher nur besser in Geschichte aufgepasst! Alles hin und her grübeln half ihr nicht weiter. Sie musste es wissen! Die Neugier besiegte die Angst vor dem Schläger am Ufer und so zog es sie nun doch nach unten zu dem Mann am Strand. Schon ein paar Minuten später stand sie an dem Feuer, über dem ein Fisch in den Flammen briet.

Neue Zweifel kamen hoch. Sollte sie ihn fragen? Vorsichtig sah sie den Mann an. Schließlich rang sie sich doch noch durch. „Mal eine Frage", begann sie leise und sah den Mann weiter vorsichtig an. Würde er sie wieder anbrüllen? „Ja?", fragte er zurück, „Weißt du, was hier im September 1965 passiert sein könnte?" „1965? September? Nein! Warum fragst du?", fragte er seltsam zahm. Sie zeigte das Buch und erklärte „Ich möchte wissen, warum sie im September 1965 so schnell diese Insel verlassen musste!" „Wer?", fragte er und griff zu dem Buch „Na Gaby!", setzte sie hinzu. Der Mann schlug das Buch auf und betrachtete das Foto. Dann schüttelte er den Kopf.

„Was meinst du?", fragte sie nach und er gab ihr das Buch zurück. „Komm mit!", sagte er und stand auf. Dann ging er in die Nähe der Klippen und sie folgte vorsichtig. Was hatte er vor? An einem Gebüsch zeigte er auf den Hang. „Sie hat die Insel nie verlassen!", erklärte er und Jasmin erkannte in der Dämmerung ein kleines Kreuz. Sie trat näher heran und erkannte die Schrift „Gaby" war dort in das Holz geritzt. Jasmin schlug die Hand vor den Mund. Sie hatte mit der Frau geliebt, geweint und gelacht und nur stand sie an dem Grab der jungen Frau. Die Tränen liefen ihr die Wangen herunter. Was mochte da passiert sein? Niemand konnte es wissen. Oder doch? Jemand musste ja das Grab geschaufelt haben. Der Mann nahm sie tröstend in den Arm und sie ließ es einfach zu.

Wenig später saß sie schluchzend an dem Feuer. Immer wieder kreiste der Gedanke durch ihren Kopf: „Was ist da wohl mit Gaby geschehen?" „Was ist nur mit ihr passiert?", fragte sie schließlich laut und schlug das Buch wieder auf. Eigentlich hätte sie sich nun schleunigst von dem Manne wieder fortbewegen müssen. Noch wusste sie ja nicht, wie er wohl in ein paar Augenblicken auf sie reagieren würde, doch sie blieb einfach sitzen. Die Trauer um Gaby hatte sie umfangen. Zu nichts war sie mehr fähig. Im Feuerschein begann sie im Buch zu blättern.

„Vielleicht war es ein Unfall", ließ sich der Mann nach einer Weile vernehmen und Jasmin sah von ihrer Lektüre auf. Die junge Frau blickte direkt über den gebratenen Fisch auf den Mann ihr gegenüber. Der Fisch duftete lecker und nach ihrer Orangendiät schien das mal etwas Abwechslung zu sein. Ihr Magen begann zu knurren und vertrieb den Kummer aus ihrem Herzen.

Für einen Moment fühlte sie sich schuldig Gaby gegenüber, dass ihr Magen ihren Kopf besiegte, aber der Fisch gehörte dem Mann. Vermutlich sah er ihren Blick auf das tote Tier über dem Feuer, denn er nahm den Fisch vom Stock und hielt ihr ein Stück davon hin. „Danke dir", sagte sie, legte das Buch vorsichtig zur Seite und zupfte den heißen Fisch von der Hand des Mannes. „Glaubst du wirklich, dass es ein Unfall war?", fragte sie mit vollem Mund. Er nickte und setzte hinzu „1965 war hier nichts. Kein Krieg, keine Naturkatastrophe. Aber der Platz ist so abgeschieden, dass dir hier bei einem Unfall keiner helfen kann. Nicht mal, wenn du ein Boot hast. In beide Richtungen ist die nächste bewohnte Insel etwa drei Stunden entfernt", erklärte er und biss in seine Hälfte des Fisches.

Nachdenklich und kauend sah sie auf das vergilbte Buch. Sicherlich hatte er recht, aber sie hätte es gern genauer gewusst. Wer konnte es wissen? Hans vielleicht! Bestimmt hatte der Mann sie auch hier beerdigt. Nur wie konnte man ihn finden? Sie rechnete im Kopf nach und wenn er damals genauso alt wie Gaby gewesen war, dann müsste er nun fast achtzig sein. Sie wischte sich die Hände an der Hose sauber und griff wieder zum Buch.

Irgendwo da drin musste es doch zwischen den Zeilen eine Spur geben, wie man wenigstens Hans finden konnte. „Damals gab es hier kaum Touristen", begann der Mann leise und Jasmin sah wieder von ihrer Lektüre auf. „Wieso?" „1965 war das hier noch ein sehr armes Land. Fischer, Bauern und Schafzüchter. Zwei deutsche Urlauber müssen da sicherlich aufgefallen sein", setzte er fort. „Wenn ich also jemand von damals befragen würde, dann würde der sich bestimmt daran erinnern können. Oder?", fragte sie zurück, „Sicherlich!", antwortete der Mann, erhob sich von seiner Kiste und holte sich ein Bier heraus.

„Kann ich bitte auch eins bekommen?", fragte sie vorsichtig, um ihr Glück nicht zu überstrapazieren, und er reichte ihr eine Flasche herüber.

Das Bier war sogar kalt und schmeckte einfach herrlich. Bisher hatte sich der Mann seltsam zahm verhalten. Das war das ganze Gegenteil dessen, was sie am Tage zuvor mit ihm erlebt hatte. Er ließ sogar mit sich reden und gab vernünftige Antworten. Trotzdem war es für Jasmin ein seltsames Gefühl, hier an dieser Stelle zu sitzen und das Buch zu lesen, an der vielleicht Gaby viele Jahre zuvor auch gesessen hatte.

Jasmins Blick ging wieder zu der Stelle hinüber, wo nun in der Dunkelheit, außerhalb des Feuerscheines, das kleine Grab war. Das Schicksal der Frau hatte sie gepackt und sie würde nach der Rettung sofort jemanden Fragen. Vielleicht wusste ja Sofia etwas.

„Die Rettung!", sauste es durch ihren Kopf. Warum waren sie eigentlich noch hier? „Warum hat uns denn eigentlich noch keiner gefunden?", fragte sie den Mann am Feuer und er schob ein neues Stück Holz in die Flammen. Die Funken stoben zum Himmel hinauf und er folgte ihnen versonnen mit seinem Blick. „Eigentlich sollte jemand merken, dass du auch heute früh nicht auf der Fähre warst. Dann sollte jemand bei der Anlegestelle anrufen und da kann ja dann sicher jemand sagen, dass du mit dem Segelboot aufgebrochen bist. Und dann ist es nur noch eine Frage von Stunden, bis der Hubschrauber uns findet. Es gibt hier nur drei Inseln, wo man dich finden könnte." „Wieso mich?", fragte sie entgeistert nach und setzte hinzu „Ich wollte meinen Freund überraschen. Kein Mensch weiß, dass ich auf dem Weg zu ihm bin. Ich dachte, du wirst gesucht."

„Mist! Von mir weiß auch keiner, wo ich bin!", setzte der Mann hinzu. Jasmin fiel die halbvolle Flasche aus der Hand und auch der Mann sah sie erschrocken an. „Also sucht uns gar keiner!", sagten beide fast gleichzeitig.

Diese Erkenntnis traf sie im Moment härter, als der Tod der unbekannten Freundin.

16. Kapitel

Sorgen und Nöte

Die Aussage der jungen Frau, dass niemand sie suchen würde, hatte Alexej sehr getroffen. Bis zu diesem Zeitpunkt hatte er sich locker zurückgelehnt und eigentlich nur darauf gewartet, dass der Hubschrauber landen oder ein Fischerkahn zur Rettung vorbeikommen würde. Nun wusste er, dass niemand eine Suche veranlassen konnte. Sie wurde nicht vermisst und er ja auch nicht.

Fatale Situation!

Und der Proviant reichte schätzungsweise nur noch für zwei Tage! Ab sofort würde er sich die spärlichen Vorräte einteilen müssen. Nachdem sich die Frau wieder in ihr Buch vertieft hatte, öffnete er die Kiste erneut und kontrollierte leise, was darin noch war. Es war nicht mehr sehr viel, aber er konnte ihr nun auch nicht mehr böse sein. Ihre Tränen um die andere Frau hatten ihn irgendwie getroffen. „Gibst du mir noch ein Bier?", fragte sie, als sie bemerkte, dass er die Kiste offen hatte. Zwar waren es nur noch fünf

Flaschen, aber den Wunsch wollte er ihr nicht abschlagen.

Auch er nahm sich eines, sie stießen beide an und damit waren nur noch drei in der Kiste. Das würde reichen müssen und danach würde es eben Wasser geben. Zum Glück war davon reichlich vorhanden. Nicht auszudenken, was passieren würde, wenn in der Hitze der kleine Tümpel austrocknete. Dann hätten sie keine zwei Tage mehr!

Nun saß sie drei Schritte vor ihm am Feuer und studierte das Buch der Frau weiter. Es schien sehr interessant zu sein, wenn sie es nun schon zum zweiten Male regelrecht verschlang. Bisher hatte er sie noch nicht mal richtig angesehen, erst jetzt sah er viel aufmerksamer zu ihr hinüber. Natürlich hatte er sich unmöglich verhalten und er sah das jetzt auch ein, aber entschuldigen wollte er sich nicht dafür. Schließlich hatte sie sich auch ziemlich daneben benommen.

Sein Blick ging zum Meer hinaus, dessen Wellen sich etwa zehn Schritte vor ihm auf dem Strand brachen. Er hörte das Geräusch der Brecher an den Klippen und konnte die Schaumkronen im Schein des Feuers sehen. Wie konnten sie hier verschwinden? Sicherlich nicht am nächsten Tag. Da war Sonntag und da fuhr nicht mal eine Fähre. Da wäre es sicher noch mehr Zufall, wenn jemand über sein Notsignal im Sand stolpern würde. Erst am Montag war wieder mit einer Suche zu rechnen.

Die Frau gähnte laut, legte das Buch zur Seite und sah sich nach ihm um. „Kann ich heute Nacht bitte am Feuer bleiben? Ohne wäre es mir zu kalt?", fragte sie und er stimmte ihr nickend zu. Danach legte sie sich auf die Seite, rollte sich etwas ein und schlief wenig später, mit dem Gesicht zum Feuer, ein. Im zuckenden Schein der Flammen konnte er ihr Gesicht nun noch besser sehen. Eigentlich war sie ja recht hübsch. Sicherlich wäre sie auch sein „Beuteschema" gewesen, aber er kannte noch nicht mal ihren Namen und er wusste auch, dass sie ihren Freund überraschen wollte. Damit war sie ja vergeben, allerdings war sie im Moment so unbeholfen und schutzlos. Irgendwie weckte das wohl so eine Art unbeeinflussbaren Beschützerinstinkt bei ihm. Dabei dachte er schmunzelnd wieder an den Hündchenblick zurück, mit dem sie ihn am Steg zur Mitnahme gebracht hatte.

Nun hatte sie sich auch noch zu weit vom Feuer weggelegt und damit würde sie in der Nacht sicher erneut frieren. Leise stand er auf, holte die zweite Plane und deckte diese sacht über sie, um sie nicht zu wecken. Dabei fiel sein Blick auf das Buch, das sie neben sich in den Sand gelegt hatte. Alexej nahm es an sich und begann darin zu lesen. Gaby hatte ihre Erlebnisse wirklich sehr spannend darin beschrieben. Die Beschreibungen fesselten ihn und nun konnte er verstehen, warum die Frau es nicht mehr aus der Hand legen konnte. Vielleicht wäre Gaby mal eine berühmte Schriftstellerin geworden, wenn sie ihren Urlaub überlebt hätte.

Der Mann blickte zu den Klippen, wo sich ihr Grab befand. Nun fragte auch er sich, was ihr wohl hier passiert war. Eigentlich konnte es nur ein Unfall gewesen sein. Zum Hilfe holen wäre es selbst jetzt zu spät. Damals erst recht! Sein Blick fiel wieder auf die schlafende Frau am Feuer. Hier waren sie beide alleine! Sie würden die nächsten Tage gut aufeinander aufpassen müssen, denn hier musste man sich gegenseitig helfen und nun fand er sein Benehmen nur noch viel unmöglicher. In Gedanken entschuldigte er sich bei der schlafenden Frau.

Vermutlich änderte sich gerade seine Einstellung zu ihr. Bis zum Morgen hatte er noch gedacht „blöde Ziege", „dumme Kuh" oder „dusseliges Huhn". Nun sah er in ihr eine hübsche, junge Frau. Alleine mit ihm auf der Insel gestrandet. „Ich Robinson, du Freitag!", fiel ihm ein und er musste schmunzeln. Fehlte bloß noch so etwas wie „Ich Tarzan, du Jane!" Wieder verglich er sie mit seiner Ex-Freundin. Die schlafende Schönheit am Feuer war sogar noch hübscher. Natürlich schön. Nicht so künstlich, wie seine Ex.

Alexejs Blick ruht sanft auf ihren Gesichtszügen. Sie war vergeben! Zur Ablenkung von ihr vertiefte er sich wieder in das Buch. Recht anschaulich hatte Gaby ihre Sorgen, Nöte und Freuden beschrieben. Die Freuden auch noch ziemlich plastisch. Vermutlich war das nur für sie selbst bestimmt, denn sonst hätte man sicherlich ein „Nur für Erwachsene!" vorn auf das Cover schreiben müssen. Inselfreuden am Strand eben. Zwei junge Menschen, die sich innig geliebt haben. Sie hatte anregend geschrieben. Sehr anregend, wie er nun leidvoll feststellen musste, weil seine Hose mit einem Mal zu eng wurde.

Viel zu lange war er nun schon ohne Freundin gewesen. Erneut ging sein Blick zu der schlafenden Schönheit. Er hatte das Gefühl, dass sie mit jeder Seite des Buches schöner wurde. Oder lag das an der Erzählung von Gaby? Um nicht den vollständigen Kollaps zu riskieren, klappte er das Buch zu, legte es zu der Frau zurück und setzte sich auf die Kiste. „An etwas anderes denken!", rauschte es durch seinen Kopf. Aber das war gar nicht so einfach.

Nun konzentrierte es sich darauf, wie sie anderen Schiffen ein Zeichen geben konnten. Mit einem Rauchzeichen? Einer Fahne auf der Hügelkuppe? Einem Feuer? Das alles konnte helfen. Aber eben erst am Montag.

Der Mond ging auf und seine runde, volle Scheibe brachte ein silbernes Leuchten über das Meer. Die Ablenkung funktionierte nicht! Immer wieder ging sein Blick zu der schlafenden Frau. Er beobachtete, wie sich die Decke bei ihren Atemzügen hob und senkte. In seinem jetzigen Zustand würde er sicherlich auch nicht mehr in den Schlaf kommen.

„Mist!", murmelte er leise. Dann schob er ein paar Holzscheite nach und holte sich das Buch wieder. War es richtig, dass er nun wieder las? Es war im Moment das Einzige, was er tun konnte. Lesen, die Frau ansehen oder Selbstgespräche führen. Eine neue Seite, eine neue plastische Beschreibung. Seine Fantasie ging mit ihm durch!

Jetzt half nur noch, sich in das flache Wasser zu setzen und auf Abkühlung zu hoffen. Vorsichtig erhob er sich, legte das Buch zurück in den Sand und ging die zehn Schritte. Mit dem Blick zum Mond und dem Rücken zum Feuer setzte er sich in die Brandung.

Langsam half es! Aber er würde zum Schlafen zum Feuer zurückmüssen. Und da lag sie. Und das Buch! Hätte er es doch nur nicht aufgeschlagen!

17. Kapitel

Schokolade macht glücklich!

Der neue Morgen war ganz anders, als der vorherige. Jasmin wachte im weichen Sand auf. Der Mann musste in der Nacht eine Decke über sie ausgebreitet haben und es roch nach frischem Kaffee. Gähnend und sich streckend setzte sie sich auf. Der Mann saß ein paar Schritte entfernt und sagte „Guten Morgen." Sie erwiderte den Morgengruß und setzte fragend hinzu „Kann ich bitte auch eine Tasse Kaffee haben?" „Na klar! Der wird gerade fertig!", erwiderte er, ging zu einem Campingkocher, der neben dem Feuer blubberte, und füllte eine Tasse auf.

„Milch und Zucker?", fragte er. Die Energie dieses Augenblicks unterschied sich so sehr von dem, was sie am Tage zuvor erlebt hatte, dass ihr für einen Moment die Stimme wegblieb. Dann antwortete sie „Viel Milch und zwei Stück Zucker. Hast du eine Tankstelle überfallen?", fragte sie spöttisch, als sie in das heiße Getränk schaute. Die Sahne zog kleine weiße Wolken in die schwarze Flüssigkeit.

„In meiner Kiste habe ich Kaffee, Zucker Sahne, Brot und Wurst. Das Bier reicht aber nur noch für heute Abend", erklärte er, während er ihr den Löffel hinhielt. „Das Wasser habe ich oben geholt", setzte er noch hinzu. Jasmin fiel wieder ihr Fehler ein „Entschuldige das mit dem Wasser. Da habe ich wohl nicht nachgedacht", begann sie, rührte um und nippte am Kaffee. „Der ist wirklich gut!", gab sie von sich. „Ja! Entschuldige bitte, dass ich so ausgerastet bin. Bei uns weiß jedes Kind, dass man Wasser nicht verschwenden darf!", erklärte er ihr und die Frau nickte verstehend.

„Möchtest du ein Butterbrot mit Schinken?", fragte er nach und wieder nickte sie. Wenig später biss sie in das leckere Brot. „Ach übrigens, ich glaube, ich habe mich noch nicht vorgestellt", sagte der Mann und setzte fort „Mein Name ist Alexej" „Jasmin", antwortete sie nickend und gab ihm die Hand.

Eine ganze Weile später gab sie die leere Tasse zurück, faltete die Decke zusammen und sagte „Ich muss mal kurz ins Gebüsch." dann erhob sie sich und wollte ein Stück am Strand entlang gehen, um sich nicht direkt vor ihm in das Gebüsch zu hocken. Irgendwie war ihr das peinlich. Dann drängte der Kaffee wieder aus ihr heraus und sie rannte los. Doch nach ein paar Schritten blieb sie mit ihrem Fuß irgendwo hängen und fiel zu Boden. Der Mann war fast sofort neben ihr und half ihr auf. „Danke", sagte Jasmin und beugte sich herab, um die Stolperfalle genau anzusehen.

Ein silberner Griff ragte aus dem Sand heraus. „Was ist das denn?", fragte sie laut, zog daran und hatte nach einer Minute ihren Koffer wieder in der Hand. „Den muss der Sturm hier angespült haben", sagte der Mann und sie trugen den Koffer zurück zum Feuer. Die volle Blase war vorerst vergessen.

Das Handy, die Karte und die Fotos von Tom im Seitenfach waren nicht mehr zu verwenden. Dann ließ sie die Verschlüsse aufschnappen und klappte die Oberseite des Koffers auf. Die Werbeversprechen hatten nicht gelogen. Der Koffer war wirklich wasserdicht gewesen! Alles darin war trocken und noch völlig in Ordnung. Eine Plastiktüte lag in der Mitte auf ihren säuberlich gefalteten T-Shirts. Diesen Beutel hatte sie in Athen auf dem Flugplatz gekauft, als sie auf das Umsteigen in die kleine Propellermaschine gewartet hatte.

Schnell schüttete sie den Inhalt aus. Eine große Tafel Schokolade kam zum Vorschein und ein paar Schokoriegel. Die Verpackung der Tafel ging in Fetzen, eilig brach sich Jasmin ein Stück Schokolade ab und schob es sich genüsslich in den Mund. Lecker war diese Süßigkeit. „Kann ich einen davon bekommen?", fragte der Mann und sie hielt ihm einen der Riegel hin. Dann begann sie den Koffer zu durchwühlen. Duschgel, Handtuch und ein neues T-Shirt legte sie zur Seite.

Einen Augenblick später sagte der Mann „Jetzt weiß ich, wie wir hier wegkommen. Du hast Luftballons dabei! Wir können wegfliegen!", dabei zog er eine kleine, schwarze Packung heraus. Sofort entriss sie ihm die Schachtel mit der Aufschrift „Billy Boy" und sagte „Idiot!" aber sie musste dabei schmunzeln. „Wenn du sie aufbläst?", setzte sie scherzhaft hinzu. „Da wüsste ich was Besseres damit anzufangen", antwortete er und Jasmin merkte, wie sie rot wurde.

„Ich gehe mich erst mal waschen!", sagte sie, froh der verfänglichen Situation zu entkommen. „Aber im Meer!", belehrte er sie mit spielerisch drohend erhobenen Zeigefinger. Jasmin nickte, nahm ihre Sachen, lief am Strand entlang zu den

Klippen und daran vorbei. Hier hoffte sie, vor seinem Blick verborgen zu sein.

An dieser Stelle drehte sie sich noch einmal zurück, danach legte Jasmin das neue T-Shirt, das Handtuch und ihre getragenen Sachen in den Sand. Im Bikini und mit der Duschgelflasche in der Hand lief sie etwa zwanzig Meter in das Wasser, wo ein flacher Stein fast wie ein Tisch aus der Wasseroberfläche herausragte. Darauf stellte sie die Flasche ab, setzte sich daneben in das Meer und zog sich im Sitzen die Hose aus, um das Malheur der Sturmnacht endgültig aus dem roten Stoffstück herauszuwaschen.

Wenig später landeten das Höschen und das Oberteil auf dem Stein neben ihr und sie wusch sich ausgiebig, aber das Duschgel schäumte kaum. Mit den drei Sachen in der Hand lief sie zum Handtuch zurück, trocknete sich ab und zog sich wieder an. Schließlich bückte sie sich am Strand und wusch die getragenen Sachen auch noch aus. Anschließend machte sie sich, nun mit der Jeans in der Hand, auf den Rückweg zu Alexej.

Der Mann stand vom Feuer auf, kam ihr ein paar Schritte entgegen und fragte „Kann ich das Duschgel auch mal bekommen?" „Das ist aber mit dem Duft der Passionsfrucht!", erklärte sie schmunzelnd. „Ach egal!", sagte der Mann und setzte hinzu „Hier kann mich ja keiner riechen!" „Nur ich", stellte Jasmin lachend fest und übergab ihm die Flasche. Danach breitete sie ihre Sachen im warmen Sand neben sich zum Trocknen aus und setzte sich mit Gabys Buch an das Feuer zurück. Alexej zog neben ihr seine Sachen aus und lief einfach nackt vor ihr in das Meer hinein, wo er sich, keinen zwanzig Schritte entfernt, ausgiebig wusch.

Über den Rand des Buches sah Jasmin zu dem Mann. Die Buchstaben verschwammen vor ihren Augen und sie konnte den Blick nicht von seinem nackten Rücken abwenden. Er war gut gebaut und anscheinend auch ziemlich muskulös. Sie begann ihn mit Tom zu vergleichen. Der Freund war eher der Schreibtischmensch. Versonnen fixierte sie den Hintern des Mannes und es begann in ihrem Unterleib zu kribbeln. Was war hier los? Diese Lektüre hatte etwas in ihr entzündet, was Gaby wohl „Flammen des Verlangens" genannt hätte.

Jasmin zwang sich zum Buch zurück. Die Szene darin glich der, welche sich gerade vor ihnen Augen darbot. Schon zum vierten Mal las sie die Geschichte. Gleichzeitig schob sie sich ein Stück Schokolade nach dem anderen in den Mund. Ihre Augen fixierten dabei weiterhin seinen nackten Körper. Blieben an seinen Armen hängen, an seinen Händen und sie fühlte diese auf sich. Wieder lag ihr Blick auf seinem Hintern, dann drehte er sich um. Schnell schlug sie die Augen nieder.

Sie spürte, wie sie rot wurde. Hatte er ihren Blick gesehen? Es war ihr wieder peinlich, doch sie blickte nun durch die Wimpern zu ihm hin. Er war sehr gut gebaut! Auch seine Vorderseite war ansehnlich. Der Mann schien absichtlich so stehenzubleiben, damit sie ihn bewundern konnte. Das Buch war vergessen. Sie konnte die Zeilen nicht mehr erkennen.

Als Alexej wenig später zum Feuer zurückkam, legte sie das Buch zur Seite und sagte „Ich muss mal." Dann lief sie Hügelaufwärts, bis sie den Mann nicht mehr sehen konnte. Dort hockte sich Jasmin hinter einen kleinen Busch und versuchte mit ihren streichelnden Fingern das Feuer in ihrem Schoß zum Verlöschen zu bringen.

Die Lektüre hatte sie so erregt, dass sie sich nur Augenblicke später in die Hand biss, um dem Mann ihren Schrei der Erlösung nicht hören zu lassen.

Erleichtert ging sie wenig später zum Feuer hinab, wo sie sah, dass er mit nacktem Oberkörper dort saß und das Buch las. Die gerade erst gestillte Leidenschaft flammte wieder auf. Jetzt konnte sie nicht mehr anders! Jasmin lief zu ihm hinüber, beugte sich zu ihm herunter und dann musste sie ihn küssen.

18. Kapitel

Der Geist einer liebenden Seele

Dieser Kuss hatte ihn völlig überrascht. Nun kniete sie über ihm und die mit einem Kondom bewährte Spitze seiner steil aufgerichteten Männlichkeit suchte einen Weg am Bikinihöschen vorbei. Was ihm schließlich mit Jasmins Hilfe auch gelang. Schließlich fand er willkommenen Einlass in ihren Körper. Alexej hielt sie nur fest, während sie sich bewegte. Die lange Zeit der Abstinenz hatte ihn zwar etwas abgekühlt, aber das Buch der Frau hatte auch ihn erregt.

Verzweifelt versuchte er an etwas anderes zu denken, nur um nicht zu früh zu kommen. Dann drückte sie ihren zuckenden Schoß nach unten, warf ihren Kopf in den Nacken und schrie auf. Nun war auch für ihn der richtige Zeitpunkt gekommen. Alexej griff zu ihren Hüften, brauchte noch zwei schnelle Bewegungen und mit einem Stöhnen füllte er die Gummihaut. Schließlich ließ er sie los und ein paar Augenblicke später lagen sie nebeneinander schwer atmend am Feuer.

Er hatte seinen Arm um sie geschlungen und Alexej konnte sehen, wie sich Jasmins Brust heftig auf und ab bewegte. „Entschuldige den Überfall", sagte sie dann schuldbewusst. „Gern geschehen", entgegnete er verschmitzt, verwahrte das benutzte Kondom in einer alten Konservendose und schloss sich die Hose umständlich wieder, da er ja nur eine Hand dafür benutzen konnte.

Kurz darauf hörte er, wie sie leise schnarchte. So lagen sie eine ganze Weile, bis die Frau wieder neben ihm erwachte und ihn immer noch schuldbewusst anblickte. „Ich weiß nicht, was da gerade in mich gefahren ist", sagte sie leise und er entgegnete ihr „Ich schon! Es war sehr schön. Du musst dir da keine Schuldgefühle machen." Die Frau nickte und wurde rot bis über beide Ohren. Irgendwie konnte sie ihn nicht ansehen.

Zusammen setzten sie sich wieder auf. „Du hast vorhin gesagt, dass das Bier nur noch für heute Abend reicht. Du planst also noch eine Nacht auf der Insel zu verbringen?", fragte sie, um vermutlich von dem Vorfall abzulenken, und er sah zum Himmel, „Planen nicht. Aber heute ist Sonntag. Da kommt die Fähre nicht und auch die Hubschrauber fliegen da höchst selten. Ganz zu schweigen von den Fischern", erklärte er ihr und sie nickte verstehend. „Ich weiß nicht, was da gerade eben los war", sagte sie schließlich und sah zu dem Buch. „Vielleicht war es Gabys Seele?", gab er zu verstehen und sie antwortete, „Vielleicht. Eigentlich wollte ich ja zu meinem Freund Tom" dabei suchten ihre Augen den Horizont ab.

„Du kannst die Insel von hier aus nicht sehen!", erklärte er und fragte „Kannst du mir Gabys Hütte zeigen? Vielleicht finden wir dort noch etwas!" „Ja! Gern", sagte sie und stand auf. „Verwahrst du bitte das Buch für mich?", fragte sie und gab es ihm. Alexej wickelte das Büchlein in die Tüte vom Flughafen und legte das Paket danach in seine metallene Verpflegungskiste. Anschließend gingen sie den Berg hinauf. Die Frau vor ihm trug nur ein weißes T-Shirt über ihrem roten Bikini. Sie war wirklich sehr hübsch und bewegte sich flink auf dem schmalen Pfad.

Schnell hatte er das zusammengefallene Dach von der Ruine gezogen, damit sie das ehemalige Gebäude durch die Tür betreten konnten. Ein Bett, ein Tisch, zwei Stühle und ein Schrank. Mehr gab es hier nicht und alles war durch Wind und Wetter stark in Mitleidenschaft gezogen worden. Der Schrank stand zur Hälfte offen. Im unteren Fach standen ein Paar Sandalen, die noch gut erhalten aussahen. „Die passen mir!", sagte Jasmin, als sie einen der Schuhe anprobiert hatte.

Alexej hob den BH auf, der vor dem Schrank am Boden lag. „Sie hatte deine Statur!", sagte er und sie nickte. Dann zog er den Schrank weiter auf. Es knarrte und die Tür klemmte. Mit Gewalt riss Alexej weiter an dem Holz, bis der Kleiderschrank nachgab. Die zweite Hälfte war aber leer. „Hans muss die Insel verlassen haben und er hat seine Sachen mitgenommen", erklärte er.

Enttäuscht nickte sie. Hier war nichts mehr zu holen oder zu erfahren. Nur ein Paar Sandalen für Jasmin hatte der Ausflug gebracht. Aber besser als nichts. Mit ein paar gepflückten Orangen stiegen sie wieder zum Feuer hinab, wo sie sich fast sofort wieder in das Studium des Buches vertiefte. Offensichtlich hatte diese Geschichte nun von Jasmin Besitz ergriffen. „Wollen wir schwimmen gehen?", fragte er sie, um sie von ihrer Lektüre abzulenken. Jasmin nickte, wickelte das Buch wieder ein und gab es ihm. Dann streifte sie das Shirt ab und wartete, bis er seine Jeans ausgezogen hatte. Gemeinsam liefen sie in das Meer hinaus und schwammen ein Stück am Ufer entlang.

Zum Trocknen saßen sie danach wieder im Sand in der Sonne. Mittlerweile war es fast Mittag und die Sonne knallte nur so von oben auf sie herab. Immer wieder musste er die Frau neben sich ansehen und mit jedem Mal wurde sie hübscher. Erneut sagte er sich, dass sie vergeben war und es ein Fehler wäre, sich mit ihr einzulassen, aber er konnte den Blick nicht mehr von ihr abwenden. Schließlich musste er sie küssen und sie wich ihm nicht aus. Jasmin küsste ihn zurück.

Dann liefen sie zum Feuer zurück, wo er ihr aus dem Bikini half und sie in den Sand legte. Mit Küssen erkundete er ihren Körper und wusste selbst nicht, warum er das tat. Es war wie ein innerer Zwang! Er schob die Zweifel fort und vertraute seinem Gefühl. Jasmin war wirklich sehr hübsch und auch gut gebaut, wie er jetzt feststellte. Alexej konnte nicht mehr anders. Nach einer halbe Stunde fiel das nächste Kondom in die alte Konservendose. Gefolgt vom dritten eine Stunde später. Sie konnten die Hände nicht mehr voneinander lassen. Es war, als wäre ein Bann gebrochen worden.

Zwischen den Vereinigungen erzählten sie sich Geschichten aus dem Buch. Sie lasen sich gegenseitig daraus vor. Dieses Buch schien eine magische Kraft auf sie auszuüben. Praktisch waren sie nun nicht mehr Jasmin und Alexej, sondern Gaby und Hans. Initiiert durch das Buch waren sie Seelen der beiden Liebenden in ihre Körper gekommen. Das war sicherlich eine Erklärung, aber keine Entschuldigung. Schließlich wollte die Frau ja eigentlich zu ihrem Freund. Stattdessen wälzte sie sich nun hier mit ihm nackt und leidenschaftlich durch den Sand.

Dann wurde es Zeit für eine Stärkung. Er warf die Angel aus und fing schon bald einen großen Fisch, den er ausnahm und über das Feuer hängte. Mit dem Bier warteten sie darauf, dass ihr Essen gar werden würde. „Jetzt würde ich auch gern wissen, was mit den beiden hier passiert ist. War es wie bei uns?", fragte er und sie schlug wieder das Buch auf. „Vielleicht", gab sie grübelnd zu. Der Duft des gebratenen Meerestieres stieg ihnen in die Nase und Jasmin musste zum Essen das Buch zur Seite legen. So saßen sie nackt am Feuer und die Flammen färbten ihre Körper rot ein.

Die ganze Zeit lag sein Blick auf Jasmin. Wie lange hatte er keine Frau mehr so geliebt, wie diese ihm eigentlich unbekannte Frau hier? Vielleicht hatte er noch niemals so geliebt.

War er deshalb mit ihr hier gestrandet? Im Moment wollte er nicht hier weg. Hier konnte er ewig bleiben. Auch vier Monate! Sein Blick ging zu der Schachtel mit den Kondomen. 25 Stück waren darin gewesen. Die Nacht senkte sich über sie herab und seine Finger tasteten sich zur Packung hinüber.

19. Kapitel

Erinnerungen

Montagmittag war es geworden, als sich ihrer beiden Gemüter wieder soweit abgekühlt hatten, dass Jasmin auch an etwas anderes denken konnte. Das war nicht normal! In der Dose lagen zehn benutzte Kondome! In dem ganzen Jahr mit Tom hatte sie in etwa genauso oft Sex mit ihm gehabt. Wieso hatte sie überhaupt auf dem Flugplatz diese Großpackung gekauft? Eines hätte es bei Tom doch auch getan. Jetzt war sie ganz froh darüber. Allerdings mit Schuldgefühlen ihrem Freund gegenüber. Nun, da die Hormone eine Pause machten, kam sie zum Überlegen. War sie nicht eigentlich hier, um Tom zu überraschen? Aber das Beisammensein mit Alexej war um so vieles schöner gewesen.

Sie begann die beiden Männer miteinander zu vergleichen. Tom war ein kühler Rechner, aber er verdiente gut. Der Mann sorgte für ein Dach über dem Kopf, einen vollen Kühlschrank und dafür, dass sie etwas zum Anziehen hatte. Nur die Liebe kam etwas zu kurz. Bisher hatte ihr das nicht so viel ausgemacht. Und nun? Jetzt saß sie mit Alexej am Strand. Nur eine Plane als Dach, etwas

Brot in der metallenen Kiste und Kleidung hatte sie den ganzen Tag schon nicht mehr angehabt, doch sie fühlte die Liebe des Mannes.

Überall auf ihrem Körper konnte sie noch seine Küsse spüren. Schon der Gedanke an seine Finger und Lippen zeichnete eine Gänsehaut auf ihren Körper. Der Mann erhob sich, kam auf sie zu und sagte „Lass uns mal eine kleine Erholungspause machen. Ich muss noch unser Abendessen fangen", dabei hielt er die improvisierte Angel hoch. „Du hast also vor, noch eine Nacht auf dieser Insel zu bleiben", sagte sie lächelnd. Er zeigte mit der Angel zum Horizont und erklärte „Da fährt gerade die Fähre. Heute ist Montag, da kommt nur die eine!" Ihr schien es so, als würde er dabei lächeln, dann drehte er sich zum Meer und ging nackt ein paar Meter in das Wasser hinein, bis er in etwa bis zur Hüfte darin stand.

Jasmin nahm sich das Handtuch und setzte sich in den Sand. Möglichst weit weg von dem Buch! Sie sah dem sich immer weiter entfernenden weißen Fleck nach. Im Moment wollte sie diese Insel ebenfalls nicht verlassen. Sie lebte hier im Paradies und hatte noch nicht vor, sich daraus vertreiben zu lassen. Sinnierend gingen ihre Gedanken auf eine Reise in die Vergangenheit.

Vielleicht war es Gaby damals, vor über fünfzig Jahren, ähnlich ergangen. Wieder sah sie zu dem Mann hinüber, der im Wasser stand. Am Abend zuvor hatten sie sich am Feuer unterhalten. Er arbeitete in einer kleinen Internetfirma, da war das Gehalt vermutlich nicht so hoch, und ihre Beschäftigung in der Apotheke konnte man gehaltsmäßig eher als Hobby ansehen. Doch im Moment brauchten sie ja kein Geld. Fisch und Orangen taten es ja auch. Was würde aber werden? Schließlich konnten sie ja nicht ewig hier auf dieser Insel bleiben. Irgendwann würde sie der Alltag wieder einholen. Und dann? Jasmins Blick fiel auf den geöffneten Koffer, in welchem eine Tube mit Sonnencreme lag, die sie nun zu sich zog.

Alexejs Körper hatte jetzt eine schöne Kupferfarbe bekommen. Ein paar Tage zuvor war er noch fast weiß gewesen und ohne die Creme, die sie gerade großzügig auf ihrem Körper verteilte, hätte sie sicherlich schon einen Sonnenbrand. So wie Tom, im letzten Sommer, als sie sich kennengelernt hatten. Am Baggersee in der Heimatstadt. Bei beiden Männern war Wasser im Spiel gewesen. Sie dachte an Tom und Alexej.

Erneut stellte sie beide Männer nebeneinander. Hatte sie sich in Alexej verliebt? Zumindest hatte sie bei seinem Anblick so ein warmes Gefühl der Geborgenheit in sich. Das hatte sie bei Tom noch nie gespürt. Sicherheit ja, Liebe kaum. Doch es war eben nur eine Sommerliebe! Mit dem Winter in Deutschland würde sie wieder bei Tom sein.

Sie legte die Tube zurück, stand auf und ging zu Gabys Grab. Was hatte die wohl vor ihrem Urlaub gemacht? Zu ihrer Arbeit stand nicht eine Silbe in dem Buch. Nicht mal eine Andeutung. Alles vor dieser Insel schien aus ihrem Gedächtnis getilgt gewesen zu sein. Jasmin seufzte, wenn ihr das doch auch so einfach geglückt wäre. Fuß vor Fuß turnte sie über die Klippen, um zur anderen Seite zu gelangen. Dann rutschte sie ab, schlug mit dem Kopf auf einen Stein und fiel in die See. Alles wurde dunkel um sie herum.

Als sie die Augen wieder aufschlug, kniete Alexej mit besorgten Gesichtsausdruck neben ihr. „Was machst du denn?", fragte er vorwurfsvoll.

Jasmin setzte sich auf und hielt sich den Kopf. „Danke dir!", murmelte sie. „Das hätte böse enden können!", sagte er und half ihr auf. Sie sah zu den Klippen hinüber. Was hatte sie da gewollt? Sie wusste es nicht. „Das ist alles irgendwie unheimlich. Ich war nur an ihrem Grab und dann muss ich wohl auf die Klippen geklettert sein." „Was wolltest du denn dort?", fragte er nach und die Frau hielt sich weiter den schmerzenden Kopf. „Wenn ich nicht gerade zufällig gesehen hätte, wie du gefallen bist, dann wärest du jetzt tot!", setzte er noch hinzu, hob sie auf seine Arme und trug sie zum Feuer zurück. Dort riss er einen Streifen Stoff von ihrem T-Shirt ab, tränkte diesen mit Wasser und verband damit den schmerzenden Kopf.

Nun nahm sie wieder ihre Überlegungen auf. So schnell konnte es vorbei sein! Mit dem Leben oder mit der Liebe! Das Leben hatte er ihr gerade gerettet. Und was war mit der Liebe? Jasmin seufzte. Wenn man sie retten würde, dann käme damit auch zwangsläufig die Trennung von Alexej. Ihre Augen ruhten auf jeder seiner Bewegungen. Gerade spießte der Mann den gefangenen Fisch auf den Stab und brachte seine Beute über dem Feuer an. „Eigentlich will ich mich nicht retten lassen!", sagte sie leise, doch der Zeitpunkt würde sicher kommen.

Der Mann ging zu seiner Kiste und kramte darin herum. An seinem Gesicht konnte sie sehen, das da sicherlich nicht mehr viel darin zu finden war. Das Brot am Morgen war schon eine ganz kleine Scheibe gewesen, wie sie am Ende des Laibes normal war. Auch Butter und Schinken hatte er ihr nicht gegeben. Kaffee gab es noch, aber sonst? Mit einer Orange kam der Mann zurück und das war schon Beweis genug, für die dürftige Verpflegung. Sie selbst hatte ja gesehen, wie viele der Früchte dort noch hingen. Vielleicht noch zwanzig und ohne diese Früchte drohte die Skorbut. Das wusste sie aus den Büchern, die sie als Kind oft gelesen hatte.

Er schälte ihr die Frucht mit dem Messer und hielt sie ihr hin. Diese Frucht stammte von einem der Bäumchen, die Gaby damals gepflanzt hatte. Jasmin hatte das im Buch gelesen. Aber die unbekannte Freundin hatte nie eine davon ernten können. Vielleicht hatte sie damals vorgehabt, mit Hans für immer auf dieser Insel zu leben. Nun lag sie hier bis in alle Ewigkeit.

Tränen stiegen in Jasmins Augen, während sie in die süße Frucht biss. Wieder lief ihr der Saft aus dem Mund und tropfte auf ihre Brust. Ein Anflug von Wehmut überfiel sie „Bitte halte mich!", sagte sie und der Mann umarmte sie. Seine starken Arme gaben ihr ein Gefühl von Sicherheit. Er war ihr Held und hatte sie gerettet. Alexej drückte ihr einen Kuss auf die Seite ihres Halses und vertrieb damit den Kummer aus ihrem Herzen. Nicht an das Morgen denken.

Jasmin hob den Kopf und ihre Lippen trafen sich. Das Glück des Augenblickes sauste durch ihren Körper.

20. Kapitel

Regen im Paradies

Sie so liegen zu sehen, das hatte Alexej einen Stich in sein Herz gegeben. Fast wäre sie ertrunken und nun saß sie am Feuer und er konnte wieder den Blick nicht von ihr abwenden. Er hatte gehört, was sie gemurmelt hatte und auch er wollte eigentlich nicht gerettet werden. Noch hatte er ja Urlaub! Das hektische Leben in Athen würde schon noch früh genug kommen. Es schien ihn wie eine göttliche Fügung, dass er hier mit der Frau in vollkommener Ruhe leben und lieben konnte.

Kein Radio, kein Telefon. Nichts! Höchstens mal das Geschrei einer Möwe und das ständige Rauschen des Meeres.

Es beruhigte und gab gleichzeitig Kraft. Der Mann war sich ganz sicher, dass er sich in Jasmin verliebt hatte und doch würde der Zeitpunkt kommen, wo er sie loslassen musste. Sie gehörte ja schließlich einem anderen Mann!

Bei ihren Gesprächen hatte er seine eigene Arbeit etwas heruntergespielt und so hatte er ihr nicht verraten, dass er diese Insel von seinem Monatslohn etwa zehnmal kaufen könnte. Damit hatte er ihr die Wahl etwas leichter gemacht und eigentlich wollte er ja um seiner selbst willen geliebt werden.

Nur wegen dem, was er ist. Nicht um dessen, was er hat!

In der Athener Schickeria waren immer dutzende Frauen hinter ihm her. Schließlich war er einer der begehrtesten Junggesellen der Großstadt. Schön, stark und reich. Zumindest sahen das die Frauen wohl in ihm. Aber das hatte schon bei seiner letzten Freundin nicht gereicht. Liebe konnte man nicht erkaufen. Das hier war Liebe! Er konnte Jasmin nichts bieten, außer dem Fisch, der gerade über dem Feuer brutzelte, und doch sah er die Liebe in ihren Augen. Und darin sah er auch einen wehmütigen Zug, da sie sicherlich ebenfalls um die Vergänglichkeit dieses Sommers wusste.

Die Frau erhob sich, wechselte auf seine Seite und wenig später sahen sie nebeneinander auf das

Meer hinaus. Es schien ihm so, als ob er sie schon immer kennen würde. Beschützend legte er seinen Arm um ihre Schultern und sie legte ihren Kopf an seine Schulter. So hätten sie schon vor tausenden von Jahren hier sitzen können. Zwei nackte Menschen vor der Kraft des Meeres. Wenn es Holz auf dieser Insel gegeben hätte, so hätte er wohl am ersten Tag ein Floss daraus gebaut, nur um von hier verschwinden zu können. Jetzt würde er das Holz im Feuer verheizen, nur um weiter mit ihr hier bleiben zu können.

Sein Blick ging zu der Stelle, an der das Boot an den Klippen zerschellt war. Da war nicht mehr viel übrig. Ab jetzt würden die Nächte kalt werden, denn sie würden den Rest vom Holz für das Braten der Fische brauchen.

Ihm wurde schwer um sein Herz und im selben Moment sah er, dass sich eine Wolkenwand auf sie zuschob. Da kam wieder ein Sturm auf sie zu. Abschätzend sah er auf die Seile, die das Segel am Boden hielte. Würden sie einem Sturm trotzen können? Er erhob sich und begann jedes Seil noch einmal zu kontrollieren. Wohl hatte er ihren fragenden Blick gesehen, aber er wollte ihr keine Angst machen, daher pfiff er ein fröhliches Lied bei seiner Arbeit, um sie und sich zu beruhigen. Nach der Kontrolle zog er die Kiste und ihren Koffer unter die Plane und nun hatte auch sie es begriffen. Als sie den Fisch vom Feuer nahmen, begann der Regen auf die Plane zu trommeln. Noch war der Sturm nicht gekommen.

Schon bald zuckte aber der erste Blitz herab und sie drängte sich an ihm. Wieder legte er seinen Arm schützend um sie. Es konnte ein leichtes Sommergewitter werden oder ein schwerer Sturm. Noch war nicht abzusehen, für was davon sich die Natur an diesem Tage entschieden hatte. Der Regen würde dem Segel nichts anhaben können, ein Sturm wäre da schon schlimmer. Alexej versuchte sie abzulenken, indem er sie nach allem möglichen ausfragte, was ihm gerade so einfiel. Ihre Antworten kamen zögerlich und bei jedem Blitz zuckte sie zusammen. Doch der Sturm blieb aus. Dafür wurde der Regen stärker. Der Himmel schien über ihr Schicksal zu weinen. Aber warum? Hier war er glücklich und Jasmin offensichtlich auch.

Allerdings schlich sich ein Zweifel in sein Herz. Führten sie hier das Leben von Gaby und Hans weiter fort? Waren die Seelen der beiden unglücklichen Liebenden hier auf dieser Insel geblieben und hatten nun sie beide gefunden?

War das Segen oder Fluch? Er sah in Jasmins Augen und musste sie küssen. Hier war er nicht mehr er selbst, der den kühlen Zahlen gehorchte. Hier war er ein Mann, der dem Gefühl folgt. Und ihr schien es ähnlich zu gehen. Umständlich öffnete sie den Koffer, damit der Inhalt nicht nass wurde, und zog ein Kondom aus der Packung heraus.

Noch nie in seinem Leben hatte er in so kurzer Zeit so oft Sex gehabt. Es schien ihm rein körperlich unmöglich und doch brauchte er sie nur ansehen und war für sie bereit. Mit geübten Fingern streifte sie ihm die Gummihaut über. Zwischen Koffer und Verpflegungskiste liebten sie sich leidenschaftlich unter der Segelplane und schrien ihre Lust gegen die Blitze und den Donner an. Dann war der Regen vorbei und sie fielen erschöpft in den Sand. Es war magisch gewesen. Und immer noch hatte er diese Traurigkeit in sich.

Er würde sie verlieren, so wie Hans seine Gaby verloren hatte. Nichts und niemand konnte daran etwas ändern.

Alexej würde sie zu nichts zwingen und sie war ja einem anderen Mann versprochen. Sie legte ihren Kopf auf seine Brust und er spürte, wie sie einschlief. Der Mann blieb wach und grübelte lange nach.

Aus diesem Dilemma gab es keine Lösung, die er erreichen konnte. Nur Jasmin konnte eine Entscheidung treffen und er würde sie nicht drängen.

Die Wolken verschwanden und die Abenddämmerung setzte ein. Der Regen hatte das Feuer gelöscht. Mit einer Hand erreichte er die Decke, die er über Jasmin warf. Sanft strich er durch ihr Haar und spürte in den Schmerz hinein. „Ich will hier nicht weg!", murmelte sie halb im Schlaf und er wollte auch nicht weg.

Der Zeitpunkt würde jedoch kommen, an dem man sie aus dem Paradies vertreiben würde.

Dann würde man sie retten und gleichzeitig ins Unglück stürzen. Vielleicht! Er würde sich an seine Arbeit machen und sie würde zu ihrem Freund zurückgehen. Was bleiben würde, das wären zwei sich liebende Seelen, die auf dieser Insel für immer blieben. Er schloss die Augen und versuchte zu schlafen, doch die Gewissheit der Trennung ließ ihn nicht zur Ruhe kommen.

„Ich will hier nicht weg!", murmelte nun auch er.

21. Kapitel

Tage und Nächte

Das war der perfekte Urlaub für Ricke. Die Tage gehörten Elias und in den Nächten gehörte sie Tom. Mit Elias hatte sie nun fast jeden Fleck der Insel erkundet. Per Boot, per Rad oder zu Fuß. Autos gab es kaum hier, denn die Wege waren nicht so lang. Es gab nur zwei Dörfer und zwischen diesen beiden Flecken konnte man in einer Stunde mit dem Rad kommen. Alles andere wurde per Boot angeliefert oder abgeholt. Es war wirklich ein schöner Platz, an dem Tom das Hotel baute. Blieb nur zu hoffen, dass die damit verbundenen Touristen dieses Idyll nicht kaputt machen würden. Jedenfalls freuten sich die Einwohner der Insel darauf, dass nun schon bald doppelt so viele Urlauber hier Platz finden konnten.

Noch lebten viele der Einwohner vom Fischfang, wie ihr junger Begleiter ihr auf ihren Touren erzählt hatte, doch schon bald würden dann, mit der Touristen, auch die Jobs besser werden. Viele Jugendliche hatten bisher zur Arbeit auf das Festland oder zu den anderen großen Urlaubsinseln gemusst und nun konnten sie vielleicht auch hier bleiben. Sich unterhaltend wanderten sie über die Insel. Elias konnte ihr auch viel zur Geschichte erzählen. Er war der beste Fremdenführer, den sie sich wünschen konnte. Natürlich kam bei ihren Ausflügen auch der Sex nicht zu kurz. Der Mann war zwei Jahre jünger als sie und ein leidenschaftlicher und ausdauernder Liebhaber. Immer wieder fand er auf seinen Streifzügen das eine oder andere lauschige Plätzchen und Ulrike fragte sich oft, mit welchen Frauen er wohl diese Plätze vor ihr schon besucht hatte. Und sicherlich nach ihr mit anderen Frauen aufsuchen würde.

Doch es störte sie nicht. Er war ihr Zeitvertreib, denn eigentlich wollte sie ja etwas von Tom. Nur dass der so gar kein Auge auf sie hatte, solange die Sonne am Himmel stand. Damit hatte sie den ganzen Tag Zeit, darüber nachzudenken, wie es weitergehen sollte. In Tom schienen zwei völlig unterschiedliche Menschen zu leben. Das Arbeitstier am Tag und der Schmusebär in der Nacht. Auch schien er gänzlich ohne Eifersucht zu sein oder bemerkte er sie einfach nicht, wenn sie mit Elias, Hand in Hand, vor ihm vorbeiging? Vielleicht war es auch eine Art von Provokation von ihr für ihn.

Das änderte sich dann abrupt mit dem Sonnenuntergang, wenn es draußen zu dunkel wurde, um den Plan zu lesen. Dann erwachte der andere Mensch in Tom und er schlich mit der Nacht in ihre Kammer. Praktischerweise hatte er sich ein Zimmer im selben Hotel genommen, wodurch der Weg für ihn nicht so lang wurde. Eigentlich hätte er das nicht gebraucht, denn er war ja nun sowieso jede Nacht bei ihr. Doch am Morgen war er meist schon fort, wenn sie erwachte. Wenn sie dann früh auf das leere Bett neben sich sah, dann fragte sie sich jedes Mal, was wohl werden würde.

Irgendwann war dieser Urlaub auch mal zu Ende. Und dann? Zumindest konnte er dann nicht mehr so einfach zu seiner Freundin zurück, denn er hatte sich ihr ja praktisch wieder ausgeliefert. Am Anfang, als sie noch nicht gewusst hatte, dass er liiert war, da hätte er noch daraus entkommen können. Dann wäre es als „Versehen" vielleicht noch durchgegangen. Doch ab dem Abend mit dem Essen ging das nun nicht mehr. Sicherlich wusste auch Tom das.

War es nun nicht mal an der Zeit, ihn auch am Tage irgendwie für sich zu gewinnen? Es würde auf den Versuch ankommen und daher hatte sie

Elias eines Abends für den nächsten Tag abgesagt, um sich zu „erholen" wie sie es ihm gegenüber nannte.

Und nun lag sie auf der Liege am Pool, die sie sich so hingestellt hatte, dass sie Tom wieder über den Rand ihre Zeitung hinweg im Blick haben konnte. Natürlich hatte sie auch gesehen, dass Elias mit einer drallen Blondine zum Hafen hinuntergegangen war, aber da sie jedes Mal Kondome benutzten und er nur ihr Zeitvertreib war, war ihr das egal gewesen. Sollte er doch seinen Spaß haben, Ricke hatte jetzt eine andere Aufgabe.

Offensichtlich war das Schicksal auf ihrer Seite, denn just an diesem Tag begann sich erneut der Himmel mit dunklen Wolken zu bedecken. Langsam schlenderte sie zu Toms Tisch hinüber und blickte ihm über die Schulter. Dabei hatte sie aber immer einen Blick auf die Wolken über ihnen. Schließlich wollte sie den Mann weder zu früh noch zu spät auf den zu erwartenden Regenschauer hinweisen. Zu früh würde er als Störung empfinden und zu spät würden sie beide pitschnass sein. Auch, wenn ihr das im Moment egal war. Schließlich trug sie ja nur ihren roten Bikini.

Bewundernd sah sie den Plan an. In den paar Tagen hatte der Entwurf eine große Wandlung durchlaufen. Nun war auch schon der Innenausbau mit auf dem Plan. Da kam es gut, dass sie vor ein paar Jahren Design studiert hatte, auch wenn es ihr nun, in ihrem Bekleidungsgeschäft, wo sie als Kassiererin arbeitete, nichts mehr nutzte.

„Die Lampe würde ich auf die andere Seite schieben. Sieht besser aus", flüsterte sie leise in sein Ohr, damit es keiner der Arbeiter hören konnte, die gerade an ihnen vorbei zum Rohbau liefen. Tom sah sie fragend an und sie zeigte ihm mit dem Finger, was sie meinte. Tom stutzte, sah noch einmal nach, nickte und radierte die Position aus dem Plan. „Danke dir", sagte er leise. Dann fiel der erste Tropfen auf Ulrikes nackte Schulter. „Wir sollten", stellte sie lachend fest und zeigte nach oben.

Schnell waren sie wieder im Rohbau. Da das erste Geschoss schon komplett fertig war, konnten sie sich im Erdgeschoss auch schon frei bewegen. In diesem Stockwerk würden dann mal Restaurant, Lobby, Aufenthaltsbereich und Küche entstehen. Ulrike ging einfach von Raum zu Raum und erzählte, wie sie sich die Räume vorstellte.

Da keine Bauarbeiter hier waren, schrieb Tom ihre Ideen in ein Notizbuch. Nun wurde es immer mehr ihr gemeinsames Hotel. Den Schluss ihres Rundganges bildete ein dunkler, kleiner Raum. „Was wird denn das?", fragte sie, an der Tür stehend.

„Der Kühlraum der Küche", erklärte Tom. „Aha!", entgegnete sie lachend, zog ihn zu sich und küsste ihn. In den folgenden Minuten wurde der Raum, der später mal zur Kühlung dienen sollte, zum Ort hitziger Kampfhandlungen, die so heiß wurden, dass Ricke den Bikini ausziehen musste. Und wieder liebten sie sich nur im Dunklen.

22. Kapitel

Eine Nixe

Tom war nicht wirklich mit allen Gedanken bei seinem Plan. Mit einem Auge hatte Tom Ricke im Blick. Die Tage zuvor war sie immer schon in der Frühe verschwunden und erst abends wieder zurückgekommen. Heute schien sie „Ruhetag" zu haben. Nun lag sie oben ohne auf der Liege am Pool. Keine zehn Meter von ihm entfernt. Die langen Haare hingen vom Rand des Ruhemöbels und berührten fast den Boden.

Ihr schien es nichts auszumachen, dass drei- und vierjährige Kinder um sie herum tobten. Die Väter schielten nach ihrer unbedeckten Oberweite und die Mütter hatten kein Auge für die Kinder, sondern nur für ihre Männer.

Wie eine Nixe lag sie dort. Ausgestreckt und nur mit dem knappen Bikinihöschen am Leib. Das Oberteil lag unbeachtet neben ihr auf dem Boden. Sie schien zu schlafen, aber das ging vermutlich nicht bei dem Krach der Kinder. Er selbst hatte bei dem Lärm schon zu tun und nun hatte er auch noch Ricke als zusätzliche Ablenkung.

Jeden Abend war er die eine Etage nach unten zu ihr geschlichen. Allerdings hatte er zuvor immer erst versucht, bei Jasmin anzurufen. Ein Wort der Freundin hätte genügt, um ihn zu stoppen, aber seit ein paar Tagen ging da immer nur die Mailbox ran. Wer wusste schon, wo sie in seiner Abwesenheit war und was sie dort in der Heimatstadt tat.

Natürlich hatte er ein schlechtes Gewissen, bei seinen nächtlichen Ausflügen, aber er konnte eben auch nicht anders. Er liebte Ricke immer noch. Schließlich war sie es gewesen, die ihn verlassen hatte und er hatte sich sozusagen mit Jasmin getröstet. Vielleicht hatte er diese Schuldgefühle auch nur, weil er nicht sofort mit Jasmin Schluss gemacht hatte, nachdem Ricke wieder in sein Leben getreten war.

In Gedanken verglich er die beiden Frauen miteinander. Die freizügige Ricke, die gern Dessous trug, und schon mal nackt durch die Wohnung lief, und die eher schüchterne Jasmin, die ein paar Wochen gebraucht hatte, bevor sie sich im Licht vor ihm ausziehen konnte. Das waren zwei völlig verschiedene Charaktere. Welche davon gefiel ihm besser? Ricke! Auch, wenn er es ihr oft nicht wirklich hatte zeigen können. Nun lag sie praktisch zum Greifen nahe vor ihm.

Gern wäre er zu ihr hinübergegangen, aber dieser Auftrag war viel zu wichtig. Er sah auf den Plan und bemerkte, dass er „Ricke" auf die Mitte des Hotels geschrieben hatte. Schnell radierte er es aus, aber in seiner Seele blieb es mit großen Buchstaben geschrieben. Als er wieder aufsah, war die Liege leer, auf der die Frau gerade noch gelegen hatte. Aus dem Augenwinkel sah er sie auf sich zukommen. Ricke hatte das Bikinioberteil wieder an und schlenderte zu ihm herüber.

Er tat unbeteiligt, bis sie hinter ihm stand und einen Blick über seine Schulter auf den Plan warf. Kurz blieb ihr Blick auf dem Papier, dann begann sie etwas zu korrigieren. Da sie ja sowieso schon zum Hotelbau beigetragen hatte, ließ er es zu, dass sie auch zum Innenausbau ihre Vorstellungen erklärte. Eigentlich hatte er von Innenarchitektur nicht allzu viel Ahnung, aber sie schien zu wissen, was sie wollte und es gefiel ihm, was sie vorschlug. Dann erinnerte er sich wieder, dass sie ja auch mal in diese Richtung studiert hatte.

Dann sagte sie „Wir sollten." und zeigte lachend nach oben, wo sich eine dunkle Wolke langsam vor die Sonne schob. Tom raffte den Plan zusammen und dann liefen sie zusammen zum Hoteleingang. Dort begann ein Rundgang durch alle Räume, die schon fertig waren. Ulrike sagte leise ihre Meinung und er schrieb einfach mit.

Der Rundgang endete in der zukünftigen Kühlkammer des Hotels, wo es aber zu dunkel zum Schreiben war. Dafür war der Platz für etwas anderes ideal. Jasmin war schon völlig aus seinem Gedanken verschwunden. Nur Ricke hatte er noch im Kopf. Und im Arm. Er drückte sie mit dem Rücken gegen die Hotelwand und ihr gemeinsames, lustvolles Schnaufen war vermutlich überall in der Etage zu hören, wenn es nicht durch das monotone Geräusch des Regens übertönt werden würde. Die Bauarbeiter waren auf der anderen Seite des Hotels. Ein neuer Gedanke machte sich in ihm breit: warum bauten sie das Hotel nicht gemeinsam? Er außen und sie innen? Als sie sich in seinen Armen aufbäumte, fasste er den Entschluss sie zu fragen, doch dann übernahmen die Hormone die Kontrolle und wie im Rausch machte er einfach weiter. Kein Gedanke mehr nur noch die Befriedigung seiner Lust war nun in seinem Kopf.

Nachdem sie die Kühlkammer wieder verlassen hatten, kam ihnen der Vorarbeiter aus der Lobby entgegen. Er sagte nichts, sondern lächelte nur. Schnell sah Tom zu der Frau, die gerade noch das Oberteil richtete, aber bei dem Lärm, den sie zusammen gemacht hatten, wäre leugnen völlig falsch gewesen. Und überhaupt, was gab es da schon zu leugnen?

Jasmin kam ihm wieder in den Sinn. Warum konnte er sie nicht erreichen? Aber so am Telefon Schluss machen? Ging das? Es musste gehen, denn er würde sicher noch ein paar Monate hier an diesem Hotel bauen. Vielleicht mit Ricke zusammen? Ein gemeinsames Projekt! „Kann ich dich heute Abend zum Essen abholen?", fragte er sie, als sie das Hotel wieder verließen und sie stimmte ihm nickend zu.

Tom nahm wieder seinen Platz am Zeichentisch ein und sie legte sich zurück auf die Liege am Pool. Eigentlich wollte er ihre Ideen nun auf den Plan einzuzeichnen, aber er konnte keinen Blick von ihr wenden. Wieder lag sie einfach so in der Sonne. Das Oberteil achtlos in einer Pfütze, die sich neben der Liege gebildet hatte.

Der Vorarbeiter kam an seinen Tisch und fragte etwas, wobei er erst zweimal nachfragen musste, bis er die Angelegenheit begriffen hatte. Nun gingen sie wieder hinein, um zu klären, wo das Problem wirklich lag. Damit war Tom aber schon mal von Ricke abgelenkt und konnte sich wieder auf seinen Neubau konzentrieren. Dafür war er ja schließlich auch hier.

Allerdings schweiften auch bei der Problemsuche seine Gedanken ständig zu der Frau ab, die wie eine Nixe vor dem Hotel lag. Was würde sie am Abend zu seinem Vorschlag sagen?

23. Kapitel

Zukunftspläne

Die zweite Einladung zum Essen hatte sie nicht wirklich überrascht. Eher die Idee, die Tom gehabt hatte. Sie hatte erst ein paar Minuten darüber nachdenken müssen und sich dann doch nicht sofort entscheiden können. Zu viel stand auf dem Spiel, doch was hatte sie zu verlieren? Nur den ungeliebten Kassiererjob in dem Geschäft, der ihr half, geldmäßig über Wasser zu bleiben. Allerdings konnte sie mit der Idee von Tom eine Menge gewinnen. Viel zu lange hatte Ulrike ihre Träume hinten angestellt. Nun bot sich ihr die Chance, doch noch einen Teil davon zu verwirklichen. Zwischen leckerem Salat und noch besserem roten Wein nahm sie dann den Vorschlag an.

Fast schon zu überschwänglich bedankte sich Tom dafür. Und nun kamen sie beide ins Schwärmen. Was konnte man alles gemeinsam erreichen? Warum war sie aber nicht früher selbst darauf gekommen? Und er? Jeder hatte in der Beziehung nur für sich gelebt und doch hätten sie so schön kooperieren können. Ihre beiden Spezialgebiete passten so perfekt zusammen, als wäre es vom Schicksal so geplant gewesen. Vielleicht war es das ja auch.

Und wieder wurde es ein langer Abend bei Wein und leiser Musik. Erst als der Kellner die Stühle an den anderen Tischen hochstellte, merkten sie, wie spät es wirklich schon wieder geworden war. Der Freitag war lange vorbei und der Samstag war bereits ein paar Stunden alt. Doch diesmal hatte Ulrike dem Wein nicht ganz so sehr zugesprochen, wie beim letzten Mal und auch Tom war noch weitestgehend nüchtern. Auf dem Heimweg mussten sie wieder an ihrem Hotel vorbei. Sie dachte nun schon „Ihr" Hotel, obwohl doch noch gar nicht alles geklärt war. Stumm und dunkel lag der Kasten da. Nur die Fassade war in silbernes Mondlicht getaucht, wodurch sie sich im Wasser des Pools spiegelte.

War dieser Bau der Beginn von etwas Großem? Ulrike blieb davor stehen und betrachtete den Rohbau noch einmal ausgiebig. Hatte sie nicht schon tagelang davor gelegen? Bisher hatte sie ihn aber noch nie so gesehen, wie sie ihn jetzt sah. Die letzten Stunden hatten ihren Blickwinkel verändert. Nun stellte sie ihn sich so vor, wie ihr Tom das Bild vom Model gezeigt hatte. Es würde ein sehr schönes Gebäude werden und nun war es ihre Aufgabe, dem auch im Inneren des Baues Rechnung zu tragen. Es sollte einen gewissen Stil haben und der musste sich natürlich durch alle Räume ziehen. Darüber hatte sie sich bis zum Abend keinerlei Gedanken gemacht. Nun schon.

Eine Weile stand sie schon dort, dann zog Tom sie an der Hand weiter in das Hotel hinüber, in welchem sich ihre Zimmer befanden. Warum sollten sie eigentlich noch getrennte Zimmer haben? War nicht alles längst geklärt? Doch noch hatte er seine Freundin oder hatte er sich schon von ihr getrennt? Ulrike hatte ihn nicht dazu gefragt, sondern einfach vorausgesetzt, dass alles zwischen den Beiden geklärt war. Wie weit war denn seine diesbezügliche Planung gegangen? Oder hatte es Tom ganz praktisch gefunden, dass die Partnerin in seinem Projekt dann auch seine Geliebte war? Ein leiser Zweifel machte sich in ihr breit. Der Mann zog sie weiter und trotzdem wollte sie erst diese eine Frage klären.

Im Zimmer stehend, praktisch mit dem Rücken zur Wand, versuchte sie weiter, eine Entscheidung von ihm zu erhalten. Liebend gern hätte sie sich seinen Zärtlichkeiten hingegeben, aber es war Zeit für einen Entschluss. Hatte nun sein Angebot zur Zusammenarbeit etwas damit zu tun? Ganz bestimmt! Bis zum Morgen war es noch eine Art von Urlaubsflirt gewesen. Da hatte sie gewusst, dass es enden würde. Enden musste! Nun war alles anders. Sie hatte begriffen, dass Tom etwas Dauerhaftes suchte. Doch sie war sich als Geliebte zu Schade.

Außerdem würde das die gemeinsame Zusammenarbeit nur noch mehr belasten. Also blieb ihr nichts anderes übrig, als ihn sich noch etwas vom Leib zu halten. Auch, wenn ihr das schwerfiel. Viel zu sehr hatten die Hormone schon bei ihr die Steuerung übernommen und in seinen Augen konnte sie sehen, dass es auch bei ihm so war. Konnte man da überhaupt noch eine ehrliche, ernst gemeinte Aussage bekommen?

Standhaft bleiben, auch wenn die Beine vor Lust zittern! „Man kann die Hüllen nur fallen lassen und sich für den anderen öffnen, wenn man ihm wirklich vertrauen kann!" Dieser alte Spruch ihrer Großmutter sauste als Gedanke durch ihren Kopf. Viel zu lange hatte sie nicht mehr daran gedacht. Es würde sonst nur unschön enden und sie wusste, dass sie sich dann später dafür hassen würde.

„Entscheide dich!", sagte sie unverhältnismäßig hart zu ihm. Für einen Augenblick bemerkte sie, wie er zurückzuckte. Sicherlich wollte er keine Entscheidung treffen.

Für ihn war es bestimmt gut, so wie es war. Aber für sie nicht. Sie wollte Tom ganz oder gar nicht. Es schien ihr wie eine kleine Ewigkeit, bevor er endlich erlösend sagte „Ich will eine Zukunft mit dir und werde mich von Jasmin trennen." Nun war eigentlich alles gut, aber konnte sie ihm trauen? Hatte er es nur gesagt, um sie ins Bett zu bekommen? Das blieb abzuwarten, aber nun wollte auch sie nicht mehr länger aufrecht bleiben.

Wie in einem Rausch rissen sie sich die Kleider vom Leib, nun, da alles anscheinend klar war. Ihre Gedanken setzten aus und sie drückte sich an ihn heran, damit er sie halten konnte, weil ihre Beine versagten. In seinen Armen spürte sie wieder dieses Verlangen in sich, das dieses Mal nicht der Wein ausgelöst hatte, sondern die alte Liebe war neu erwacht und hatte nun die Chance, etwas Dauerhaftes zu werden.

Er trug sie zum Bett und unter gegenseitigem Streicheln und leisen Liebesbekundungen trieben sie sich zu einem gemeinsamen Höhepunkt hin. Zu zweit fielen sie in dieses Tal, das wie ein kleiner Tod war. Ihr Herz schien auszusetzen, bevor es mit doppelter Geschwindigkeit weiter schlug. Alles zog sich in ihr zusammen, nur um daraufhin sofort gelöst zu werden. Noch nie zuvor war es so schön gewesen.

Glücklich schlief sie ein und glücklich wachte sie wieder auf. Er war noch bei ihr! Sie lag in seinem Arm und es war schon heller Tag vor dem Fenster. Tom hatte sich nicht vor dem Morgengrauen von ihr weggeschlichen, wie er es sonst immer getan hatte. Mit einem Kuss begrüßte er sie. Alles würde gut werden. Sie liebten sich erneut, standen gemeinsam auf, gingen Duschen und danach zum Frühstück. Alle konnten sehen, dass sie nun ein Paar waren.

24. Kapitel

Rettung im ungünstigsten Moment

Seit mehr als einer Woche waren sie nun schon auf der Insel. Gerade hatte Jasmin damit die siebente Nacht hier verbracht. Sie war in Alexejs Armen aufgewacht, dann hatte er wieder einen kleinen Stock in den Sand gesteckt. Den Achten! Wenn sie sich nicht verrechnet hatte, dann musste nun Samstag sein und damit würden sie sich wieder auf ein ganzes Wochenende hier einrichten. Allerdings wurde ihre Versorgungslage immer schlechter. Nur Kaffee und Zucker hatten sie noch etwas. Brot, Butter, Wurst und Sahne waren schon lange alle. Die letzten drei reifen Orangen lagen neben dem Feuer und während Alexej angeln ging, ging sie sich auf der anderen Seite der Klippen waschen.

Der steinerne Tisch im Meer war ziemlich praktisch, um darauf die Sachen abzulegen. Sachen hatte sie allerdings schon ein paar Tage nicht mehr getragen. Die frühere Scheu vor der Nacktheit hatte sie vollkommen verloren und auch das Bild ihres Freundes Tom war aus ihrem Kopf verschwunden. Ausradiert! Fort!

Sinnierend wusch sie sich die Haare, während sie im flachen Wasser saß. Sie war hier im Paradies und hatte alles andere vergessen. Gab es da draußen noch andere Menschen? Vielleicht, denn die Fähre fuhr zweimal jeden Tag in beide Richtungen, unerreichbar weit von der Insel entfernt, an ihnen vorbei. Hätte man Jasmin vor die Wahl gestellt, sie wäre hier geblieben, aber auch die Sonnencreme wurde alle.

Auf dem Tisch im Wasser sitzend quetschte sie den letzten Rest aus der Tube und schmierte sich damit ein. Es ging dem Ende zu! Auch Brennholz war knapp geworden. Sogar das Dach von Gabys Hütte hatten sie verheizt. Das nasse Holz ihres Schrankes qualmte gerade furchtbar und sie sah die schwarze Säule auf der anderen Seite der Klippen. Eigentlich hätte man, das auch von der Fähre aus sehen müssen, aber das Schiff fuhr gerade an ihr vorbei.

Jasmin trocknete sich die Haare mit dem Handtuch und versuchte diese mit einem Kamm in Form zu bringen, aber das Salzwasser war wohl nicht so gut für ihre Frisur. Langsam schlenderte sie zurück zum Feuer und dabei musste sie wiederum an Gabys Grab vorbei. Irgendeine Kraft zog sie immer wieder zu diesem

Platz. Kurz verweilte sie, bevor sie sich von dem Kreuz wieder losreißen konnte.

Mit dem Handtuch über der Schulter und der fast leeren Duschgelflasche traf sie zum selben Zeitpunkt am Feuer ein, wie Alexej, der einen großen Fisch gefangen hatte. „Heute wird der aber eher geräuchert. Oder?", fragte sie lächelnd und zeigte auf das qualmende Feuer. „Na ja! Langsam wird das Brennholz knapp", sagte er zerknirscht. Lachend nahm sie ihn in den Arm, denn das wusste sie ja selbst.

Nachdem sie das Handtuch wieder zum Trocknen über eine der Leinen gehängt hatte, trat sie an das Feuer zurück. Die Verpflegungskiste war mittlerweile zur Müllkiste geworden. „Der Brenner funktioniert auch nicht mehr", sagte Alexej und warf die leere Kartusche in die Kiste. Etwas Kaffeepulver war noch da, sonst nichts mehr. Auch das trockene Brot für die Angel wurde langsam knapp. „Mist!", sagte Alexej mürrisch und sie versuchte ihn spielerisch aufzuheitern.

Ein neckischer Ringkampf zweier nackter Menschen um die fast leere Duschgelflasche begann und dieser endete damit, dass sie beide keuchend im Sand landeten.

Jasmin beugte sich über den Koffer und griff zur Schachtel mit den Kondomen, aber diese war leer. Alles schütteln half nichts. Alexej nahm ihr die Schachtel ab, setzte sich auf und warf die leere Verpackung zum Müll hinüber. Eigentlich hätte ihr Verstand nun „Stopp" sagen müssen, doch die Lust brannte schon in ihr und wollte gestillt werden. Jasmin begann den Mann zu streicheln, doch er versuchte sie von sich zu schieben. „Wir dürfen nicht mehr!", erklärte er, doch sie schüttelte den Kopf. „Ich will aber!", beharrte sie auf ihrem Gefühl und raubte sich einen Kuss von ihm. Wie ferngesteuert begannen ihre Finger über seinen Körper zu wandern. Es dauerte eine Weile, bis er einlenkte und sagte „OK. Ich passe auf!". Schließlich begann auch er, sie ausgiebig und zärtlich zu streicheln.

Eine Gänsehaut folgte seinen Fingerspitzen. Immer intensiver wurde dieses Sehnsuchtsgefühl in ihr. Schließlich versuchte Alexej sie zu Boden zu drücken, doch sie entwand sich ihm. Zärtlich drückte sie ihn nun ihrerseits zu Boden und kniete sich auf seinen Bauch. Mit beiden Händen auf seinen Schultern presste sie ihn zu Boden und beendete seinen Einspruch mit einem Kuss. Schließlich glitt ihr Hintern nach unten, sie löste eine Hand, griff zu und schob sich auf ihn.

Das Gefühl Haut auf Haut war so intensiv, wie sie es noch nie gefühlt hatte. Bei den 25 Mal davor war es nie so gewesen, wie sie es jetzt fühlte. Ein Rausch durchzuckte ihren Körper. Mit einem Ruck drückte sie ihren Unterleib nach unten, wobei er aufstöhnte. Jasmin fühlte sich vollkommen ausgefüllt. Zögerlich und langsam begannen die Bewegungen.

Einmal damit begonnen, konnte sie nicht mehr aufhören und die leise mahnende Stimme in ihrem Kopf verstummte mit jedem Stoß.

Irgendetwas hatte die Kontrolle übernommen. Immer schneller wurden ihre Bewegungen, bis Alexej gepresst sagte „Gleich ist es soweit." doch sie wollte dieses intensive Gefühl bis zum Schluss auskosten. Dann stöhnte der Mann „Jasmin! Bitte!"

Etwas verhinderte, dass sie ihn freigab. Mit einer unglaublichen Kraft drückte sie ihn weiter zu Boden. Dabei war der Mann doch viel stärker als sie. Etwas gab ihr diese Kraft. Die Lust? Die Leidenschaft? Oder die Liebe? Der Kopf setzte aus und ihr Unterleib schien ein Eigenleben zu führen! Wie von fern bemerkte sie, wie er sie von sich schieben wollte und spürte seinen Griff zu ihren Hüften.

Dann bäumte sich Alexej auf und wollte sie mit aller Kraft von sich werfen, doch es ging nicht. Jasmin spürte, wie er in ihr pulsierte und seinen Samen tief in ihren Leib schoss. Das war zu viel für sie und die Wellen zogen von ihrem Unterleib durch den ganzen Körper.

Alles löste sich auf. Die Insel, das Meer, Alexej und sie selbst. Nur noch Sterne waren da, die von oben über ihren ganzen Körper fielen. Die Frau krallte sich in seine Brust und drückte sich ganz fest auf ihn. Gleichzeitig zog sich alles in ihr zusammen, wodurch der Mann schmerzhaft aufschrie.

Mit einem erlösenden Schrei fiel sie auf ihn und wusste nichts mehr. Eine Welle von Gefühl rollte über ihren Körper hinweg und warf sie einfach hin und her. Ihr Herz raste bei diesem gigantischen Orgasmus, wie es noch nie zuvor gewesen war. Wenig später lagen sie schnaufend im Sand nebeneinander und Jasmin versuchte sich zu orientieren. Alles drehte sich um sie herum. Ihre Augen fanden die Sonne und ihre Finger tasteten nach dem Mann neben sich.

„Was war das nur gewesen?", sauste es durch ihren Kopf. Der erste klare Gedanke fand zurück zu ihr. Sie lauschte den letzten warmen Schwingungen hinterher, die noch immer durch ihren Körper sausten und in diesem Moment hörte sie ein lautes Jaulen. Die Frau schreckte hoch, setzte sich auf und sah sich suchend um. „Was ist das denn?", fragte sie und der Mann antwortete „Das ist ein Schiff!" „Ein Schiff? Was meinst du?", fragte Jasmin unverstehend zurück. Alexej setzte sich neben ihr auf und sah zum Meer hinaus „Wir sind gerettet!", sagte er leise und sie horchte immer noch den Wellen des gerade erlebten Höhepunktes hinterher, bevor sich die Erkenntnis langsam in ihrem Kopf zusammensetzte.

„Ein Schiff! Wir sind gerettet!", brach es aus ihr heraus. Es war keine Freude über die Rettung in ihr, nur Ärger über die unnötige Störung.

Alexej reichte ihr den Bikini und sie zog sich fast automatisch an. Danach stand sie auf und sah den Fischerkahn, der in einiger Entfernung vor dem Strand schwamm. „Können die nicht morgen wiederkommen?", fragte sie leise und suchte schon ihre Sachen zusammen. Besonders Gabys Buch packte sie sorgfältig in ihren Koffer. Schnappend schloss sich der Behälter und Alexej ließ seine Müllkiste zuknallen.

Ein Schlauchboot kam zu ihnen herüber und jemand winkte von Bord. Dann erkannte Jasmin Sofia, die mit einem älteren Mann herüberkam. Alexej löschte das Feuer mit etwas Sand und wenig später waren sie auf dem Boot. „Ich habe dich gesucht", begann Sofia und setzte fort, „Es hat eine Weile gedauert, bis ich alle Hotels abtelefoniert hatte und du bei keinem warst." „Ja! Eine Woche!", sagte Jasmin vorwurfsvoll, doch ihr Ärger galt eigentlich der Störung und nicht der Länge der Suche.

Allerdings hatte sich mit dem Verlassen der Insel auch das Gefühl zu Alexej geändert. Es schien ihr so, als ob die Liebe zu ihm auf dem Eiland zurückgeblieben war. Konnte das sein? Ihre Augen suchten den Mann. Er stand am anderen Ende des Kahns und verhielt sich ihr gegenüber distanziert. Offensichtlich so, wie sie es zu ihm war. Da war anscheinend kein Gefühl in ihr geblieben. Warum nur? Sie blickte nach vorn. Zu Tom. Die Insel lag hinter ihr. Und die Liebe? Die anscheinend auch! Noch ein Blick zurück über die Schulter. Jasmin suchte seine Augen, doch Alexej blickte weg.

Nach zwei Stunden legte das Fischerboot an der anderen Insel an, die ihr Ziel gewesen war. Sie verabschiedete sich von Alexej mit einem Händedruck. Stunden zuvor hatte er ihr noch den schönsten, besten und intensivsten Orgasmus ihres Lebens beschert. Nun war das Vergangenheit. Tom war ihre Zukunft.

Während sie mit dem Koffer die Dorfstraße hinauf holperte, fuhr Alexej mit dem Schiff und Sofia zurück.

25. Kapitel

Sehnsucht

Durch das Fenster seines Privatjets sah er nach unten, auf die türkisblaue Fläche des Meeres. Noch vom Fischerkahn aus hatte er seine Firma kontaktiert und wie gewohnt war der Jet für ihn sofort gestartet. Aber an Wechselsachen hatte er da nicht gedacht und so saß er in den auf der Insel getragenen Jeans und mit dem nun löchrigen Hemd in den Polstern des Sitzes. Es war eine ganz schöne Umstellung, zwischen dem einfachen Leben auf der Insel und diesem Leben hier über den weißen Wolken. Allerdings waren seine Gedanken unten geblieben.

Wehmütig dachte er an die Frau zurück, die er nun in den Armen von Tom wähnte. Aus und vorbei! Was wäre gewesen, wenn er ihr die Wahrheit gesagt hätte? Sicherlich hätte er sie dann halten können, aber wäre sie dann ihm gefolgt, oder dem schillernden Glanz des Goldes?

Eine Stewardess trat auf ihn zu und brachte ihm ein kaltes Getränk. Dankbar nickte er ihr zu. Was blieb ihm von der Frau? Die Verpackung der

Kondome, die er aus dem Müll gerettet hatte. Und die Erinnerung an sieben Nächte, die sie gemeinsam verbracht hatten. Ja gewissermaßen nur sechs, denn die erste hatte Jasmin ja alleine verbracht, nachdem er sie geschlagen hatte.

Eigentlich hatte er noch mehr wie zwei Wochen Urlaub, aber sicherlich wäre es besser, wenn er sich sofort wieder in den Trubel stürzen würde. Das würde ihn bestimmt von ihr ablenken. Wie Freunde hatten sie sich einfach zum Abschied die Hand gegeben. Das war wohl der tiefste Schmerz in ihm. Und dass er ihr nicht hatte sagen können, was er für sie wirklich fühlte. Hätte er es doch nur gemacht! Sie wusste ja nicht, dass er viel Geld besaß. Wenn er sie gefragt hätte, als sie noch davon ausgegangen war, dass er ein einfacher Angestellter war, dann hätte er vielleicht die erhoffte Antwort bekommen.

Was war jetzt?

Ein einfaches Wort nach vorn hätte den Silbervogel sofort zur Umkehr bewegt. Doch er schwieg. Was konnte er erreichen? Nichts!

Gedankenverloren spielte er mit der Verpackung, als er bemerkte, dass die Stewardess immer noch neben ihm stand. Für einen Moment war es ihm peinlich, daher steckte er die Pappschachtel in seine Hemdtasche. Die Frau würde nichts sagen, doch ihr Lächeln war vielsagend. Schließlich war die Aufschrift mehr als deutlich zu lesen gewesen. „Ich brauche mal den Rasierer!", sagte er, als er sich über das bärtige Kinn fuhr. „Es liegt alles für sie bereit.", erklärte die Stewardess und zeigte zur Bordtoilette. Es würde sicher nicht mehr lange dauern, bis das Flugzeug landen würde und so beeilte er sich, den lästigen Bart endlich loszuwerden.

Brummend zog das Gerät eine helle Spur in den schwarzen Bart. Das Bild im Spiegel verwandelte sich wieder von dem Seemann zum Geschäftsmann, auch wenn die Sachen nicht ganz dazu passten. Wieder schweiften seine Gedanken ab. Warum war sie so abweisend gewesen, nachdem sie die Insel verlassen hatten? War der Zauber des Paradieses dort geblieben? Oder war es der Tatsache geschuldet, dass sie ja nun zu ihrem Freund fuhr? Auch das konnte er nicht mehr herausfinden. Aber es hatte geschmerzt, sie so aus der Ferne zu sehen.

Das letzte Bild von ihr war gewesen, wie sie mit dem Koffer die Straße hinauf lief. Dieses Bild musste er nun aus dem Kopf bekommen. Seine Hand tastete zur Tasche seines Hemdes. Es war eine sehr schöne Woche gewesen. Nie im Leben hätte er gedacht, dass er zu solch einer Leistung überhaupt imstande war.

26 Mal in nur sieben Tagen. Damit hätte er in jeder Bar sofort alle Ohren bei sich gehabt, aber er beschloss, dieses Geheimnis für sich zu behalten. Früher hatte er immer zu viel von sich preisgegeben. Vielleicht hatten die Paparazzi und die exklusiven Geschichten dabei auch immer dafür gesorgt, dass die Beziehungen in die Brüche gingen. Aber eigentlich hatte er ja mit Jasmin keine Beziehung gehabt. Vielleicht würde ja eine neue Beziehung ihn vom Schmerz der Trennung erlösen. Ablenken würde sie ihn auf alle Fälle. Es klopfte an der Tür und die Stewardess sagte „Wir landen gleich!" Es war das Zeichen zum Zurückgehen und anschnallen.

Der Trubel der Metropole würde ihn bald wieder umfangen. Alexej seufzte und verließ die Bordtoilette. Die Stadt war schon unter ihm zu sehen und als er sich setzte, ging das Flugzeug in den Landeanflug. Nachdem das Flugzeug ausgerollt war, erwartete sein Freund Grigori ihn schon mit einem Wagen. „Na? Wie lief es in der Firma ohne mich?", fragte Alexej nach einem Handschlag. „Was soll ich sagen?", antwortete Grigori mit einem Lächeln und hielt ihm die Wagentür auf. „Alles ohne Problem. Eigentlich braucht ihr mich gar nicht. Oder?" „So in etwa", beendete der Freund das Gespräch auf dem Vorfeld. Kurz darauf sauste der Wagen auf der Landstraße dahin.

Nur ein paar Worte sagte er zu seinem Inselleben. Auch Jasmins Namen fiel, aber der Freund würde schweigen wie Gabys Grab. Es schmerzte Alexej, ihren Namen zu nennen. Dann konzentrierte er sich auf die Erläuterungen des Freundes. Innerhalb dieser paar Minuten war er wieder auf dem Laufenden. Schließlich bog der Wagen wenig später in die Zufahrt zu seiner Villa ein. Anerkennend klopfte er dem Freund auf die Schulter, als er ausstieg. „Da wird es dir sicher nichts ausmachen, noch mal ein paar Tage die Leitung zu übernehmen. Ich brauche erst mal ein oder zwei Tage Urlaub vom Urlaub", erklärte er schmunzelnd und war nach ein paar Schritten im Hause allein.

Nicht mal das Personal war da, da er ja noch eine Weile hatte fortbleiben wollen und er den drei Menschen die ganze Zeit bezahlten Urlaub gewährt hatte. Alexej ging durch das leere Haus zur Terrasse hinaus, von wo er auf das Meer hinabsehen konnte. Wieder beschlich ihn so eine leise Sehnsucht nach der Frau. „Ich muss sie vergessen!", sagte er laut zu sich selbst und schritt zurück in das Haus. Ein paar Meter später stand er im Bad, streifte sich das Hemd vom Körper und hatte noch ihren Duft auf seiner Haut.

Erneut war die Frau in seinem Kopf. Konnte man solch eine Woche überhaupt vergessen? Die Erinnerung würde bleiben, aber es war völlig unsinnig, sich daran zu klammern. Er zog die leere Schachtel aus der Hemdtasche und legte sie auf den Badschrank.

Beim Betrachten fiel ihm ein, dass er damit ja immer weiter an sie erinnert würde. Aber wegwerfen wollte er diese kleine Packung auch nicht einfach so. Vielleicht würde sich später eine Lösung dafür finden. Die Hose landete im Wäschekorb, wo auch das Hemd seinen Platz fand. Allerdings wäre der Mülleimer wohl der besser Platz für die löchrigen Sachen gewesen.

Sinnierend dreht er den Wasserhahn auf. Mit dem Warmwasserstrahl wusch er auch Jasmins Spuren von seiner Haut, aber die Spuren in seiner Seele würde kein Wasser dieser Welt aus ihm heraus bekommen. Jetzt war es ihm offensichtlich, dass er sich in sie verliebt hatte, aber das würde er ihr nun nicht mehr sagen können. Er wusste noch nicht einmal ihren Namen. „Verdammt!", zischte er und drehte den Hahn ab.

Neue Kleidung war reichlich vorhanden. Der Schrank öffnete sich und er griff sich das erstbeste, das ihm in die Hände fiel.

Da nichts zu essen im Hause war, machte er sich auf den Weg in ein Restaurant. Auf der Terrasse des Lokals hatte er wieder das Meer vor Augen und damit auch das Gesicht von Jasmin. Ihre blauen Augen waren es, die ihn durch die Wellen hindurch ansahen. Das würde ihm bleiben. Die Sehnsucht brannte ihr Zeichen in sein Herz.

26. Kapitel

Neue Prioritäten

Da stand er nun, sah Jasmin hinterher und hielt Ulrike im Arm. Seine eher tollpatschigen Versuche einer Entschuldigung bei Jasmin hatten die Sache nicht viel besser gemacht. Aber die Situation hätte auch keiner Erklärung bedurft. Der Kuss, den er Ulrike gegeben hatte, der hatte Jasmin sicher schon alles gesagt. Allerdings hatte sie weder geschrien, noch geweint, noch ihn geschlagen. Sie hatte sich einfach wortlos umgedreht und war gegangen. Ulrike wäre da sicher temperamentvoller gewesen. Hätte er Jasmin doch nur sagen können, dass er es mehr als einmal versucht hatte, sie zu erreichen, um ihr schon vorher alles zu erklären.

Doch sie hatte sicherlich auf dem Flug ihr Handy ausgeschaltet. Nun stand er also hier und hatte die Entscheidung, die er in der Nacht, im Eifer der Hormone, Ulrike versprochen hatte, auch durchgezogen. Oder war das eher Jasmin gewesen?

Hätte sie jetzt nicht den Schlussstrich gezogen, wer weiß, ob Tom es wirklich getan hätte. Warum zweifelte er jetzt schon wieder? Alles würde gut werden. Tom wendete sich wieder Ricke zu und küsste sie erneut. „Wollen wir?", fragte er und zeigte zum Hotelrohbau hinüber. Hand in Hand betraten sie die Baustelle. Im Moment gab es da für den Innenausbau noch nicht viel zu tun und so konnte sie wenige Augenblicke später alleine durch den Bau schlendern, während Tom den Bauarbeitern unten erklärte, dass Ulrike nun auch in der Bauleitung tätig war.

Dabei hörte er ihre Schritte im Rohbau widerhallen und sah die schmunzelnden Gesichter der Männer vor sich. Sicherlich hatte es sich schon längst herumgesprochen, was da an jenem Regentag in der Kühlkammer passiert war. Der Bauleiter hatte sie ja damals so seltsam angesehen.

Allerdings sah er auch in den Augen der Männer, dass sie mit einer Frau als Vorgesetzte so ihre Probleme haben würden. Die Männer verhielten sich ihm gegenüber schon distanziert. Ricke gegenüber waren sie aber noch seltsamer. Fast bemitleidete er die Freundin dafür, aber er würde sie unterstützen. Als er mit der Einweisung fertig war, trat die Frau wieder auf ihn zu. Über den Plan gebeugt begannen sie zu reden und dabei fiel ihm auf, wie schnell er doch über Jasmin hinweggekommen war. Es schien ihm seltsam zu sein. Ein Jahr waren sie zusammen gewesen und nun war da gar nichts in ihm, was da Trauer oder ein anderes Gefühl auslöste.

Nichts!

Es schien so zu sein, als ob sie nur zur Überbrückung der Zeit gedient hatte, sozusagen bis er Ricke wiedergetroffen hatte. Vielleicht war das schon von Anfang an seine Partnerin gewesen und er hatte es nur nicht begriffen.

Nun begannen sie über Farben zu fachsimpeln. Welcher Ton wohl am besten zu welchem Zimmer passte. Sie begann ein Konzept zu entwickeln, von dem er schon nach wenigen Worten begeistert war. Blieb nur zu hoffen, dass dies die Investoren auch so sehen würden, aber das Konzept hatte nach seiner Vorstellung Hand und Fuß. War das nun der wieder erwachten Liebe geschuldet? Sicherlich nicht. Tom hatte sich hoffentlich so viel Objektivität bewahrt, um real einzuschätzen, was Ricke wollte. Schließlich griff er zum Telefon und bestellte die Investoren auf die

Baustelle für die letzten Absprachen. Das würde sicher einige Stunden dauern, bis diese eintreffen würden und so lud er einfach Ulrike zum Mittagessen in das kleine Restaurant ein.

Die Bauarbeiter sahen ihm ungläubig hinterher, als er mitten am Tag den Rohbau verließ. Bisher hatte er immer die ganze Zeit an seinem Stuhl geklebt. Es hieß nun einfach andere Prioritäten setzen. Auf dem Weg kamen ihm wieder die alten Zweifel. Hatte er sich Jasmin gegenüber richtig verhalten? Sollte er sie nicht doch noch einmal aufsuchen, um ihr alles zu erklären? Sicherlich war sie noch auf der Insel. Die Fähre konnte ja erst am Montag früh wieder mit ihr zurückfahren.

Bestimmt wäre es ein Leichtes gewesen, sie zu finden. Hier gab es ja nicht so viele Pensionen. Doch er verwarf den Gedanken Aus Feigheit? Vielleicht! Oder aus Liebe zu Ulrike, die er nun keinen Augenblick mehr alleine lassen wollte.

Zum ersten Male saßen sie nun am Tage auf der Terrasse und sahen auf das Meer hinunter. Auch beim Essen konnte Ulrike nicht einen Moment von ihren Ideen ablassen. Immer neue Vorstellungen sprudelten nur so aus ihr heraus und Tom musste sie erst einmal bremsen. Zuerst galt es das Konzept zu offerieren und dann konnte man sich über die Einzelheiten Gedanken machen. Nur schwer war dies Ricke zu vermitteln.

Es würde ein langer Weg für sie beide werden, doch das Ende war vielversprechend. Seine Gedanken flogen weit weg, dorthin, wo sie vielleicht in ein paar Jahren zusammen sein würden. Gedankenschwer blickte er in die Ferne des weiten Meeres.

Das Knattern des Hubschraubers holte ihn wieder auf die Insel zurück. Schnell zahlte er, nahm Ulrike bei der Hand und eilte zum Hotelrohbau zurück. Noch ein prüfender Blick auf ihre Kleidung, aber heute hatte sie normale, wenn auch kurze, Sachen über ihrem Bikini. Zu zweit erwarteten sie die Investoren vor der Tür. Drei ältere „Schlipsträger", trotz der Hitze, im schwarzen Anzug und mit Aktenkoffern erschienen. Er befürchtete schon, dass es Ulrike schwer haben würde, die älteren Männer von ihren Ideen zu begeistern, doch mit jedem Wort von ihr hellten sich die Gesichtszüge der Männer immer mehr auf.

Als sie dann zwei Stunden später die drei Männer wieder zum Hubschrauberlandeplatz zurückbrachten, da wusste Tom, dass er mit Ricke die perfekte Ergänzung zu seinen Fähigkeiten gefunden hatte.

Mit der versinkenden Sonne fanden sie sich wieder in dem Restaurant ein und feierten ihren Erfolg. Damit endete der Tag so, wie er begonnen hatte. Mit leckerem Wein und gutem Essen. Für einen Augenblick dachte er noch an Jasmin, bevor ein Kuss von Ricke alles aus seinem Kopf vertrieb, was nichts mit ihr zu tun hatte.

Selbst das gemeinsame Hotel war nun ausgeblendet. Die gemeinsame Zukunft mit der Frau sauste nun durch seinen Kopf. Zusammen Leben, Arbeiten und Wohnen. Sicherlich würde Jasmin die gemeinsame Wohnung verlassen. Und wenn nicht, so würde er eine neue für sie beide finden. Alles würde gut werden. Nach der Feier liefen sie, wieder Hand in Hand, zurück zum Hotel. Dort setzten sie das Fest privat weiter fort, indem sie sich gegenseitig ihre Liebe zeigten.

27. Kapitel

Verlorene Liebe

Tom stand knutschend vor einem Hotelrohbau. Jasmin kannte die Frau von alten Bildern. Es war Ulrike, seine ehemalige Freundin. Vor Schreck war ihr der Koffer aus der Hand gefallen. Dieses Geräusch hatte ihn zu ihr sehen lassen und sie erkannte die Überraschung in seinen Augen. Das triumphierende Lächeln in Ulrikes Gesicht sagte alles. Tom versuchte eine stotternde Entschuldigung, doch sie wendete sich einfach von ihm ab, nahm den Koffer und ging.

Was hätte sie ihm vorwerfen können? Schließlich hatte sie ihn ja auch mit Alexej betrogen. Wohin nun? Was würde weiter werden? In Gedanken versunken lief sie zurück, doch die nächste Fähre fuhr erst am Montag, wie sie mit einem Blick auf die Anzeigetafel am Anleger erkannte. Mehr als einen Tag musste sie also hier noch ausharren.

Mit dem letzten Rest von Stärke buchte sie in einer Pension ein Zimmer, bevor sie dort heulend auf das Bett fiel. Sie hatte an einem Tag zwei

Männer verloren und von Alexej hatte sie noch nicht mal eine Telefonnummer. Auch er hatte ihre nicht! Anderes war auf der Insel wichtiger gewesen! Nun war sie gerettet und wieder alleine! Nach dem langen Heulkrampf ging sie unter die Dusche.

Sie versuchte sich irgendwie abzulenken und schnupperte an der Duschgelflasche. Zivilisation war doch etwas Schönes! Warmes Wasser und Duschgel mit Rosenduft, welches jetzt auch wieder richtig schäumte. Herrlich! Dazu ein Shampoo und ein Föhn. Die Haare dankten es ihr. Das Wasser schien allen Kummer von ihr zu waschen. Mit einem Handtuch um den Kopf und einem um den Oberkörper ging sie zurück zum Bett, auf welchem ihr Koffer nun lag. Neue Kleidung hatte sie ja genug darin.

Als sie das Gepäckstück öffnete, fiel ihr das Buch in die Hand. Sofort waren ihre Gedanken wieder bei Gaby und der Insel. Sofia hatte auf der Fahrt gesagt, dass die Insel verflucht war. Niemand wollte mehr einen Fuß darauf setzen. Aber sie hatte ihr ihre Telefonnummer gegeben und da würde Jasmin später anrufen. Jetzt begann erstmal ihr Magen zu knurren. Hoffentlich gab es in dem Restaurant der Pension keinen Fisch mit Orangen!

Es begann eine Schlemmerei auf der Terrasse der Pension, wo sie sich unter einen großen Sonnenschirm setzte, die mit einem großen Eisbecher beendet wurde. Auf dieser Terrasse, mit dem Blick auf das Meer, begann Jasmin über alles nachzudenken. Wieder stellte sich die Frage, was werden würde. Ein paar Dinge waren ihr schon klar. Sie würde nach Deutschland zurückfliegen und aus der Wohnung ausziehen. Schließlich gehörte diese ja auch Tom.

Wie würden ihre nächsten Schritte aussehen?

Wenn doch nur Alexej jetzt hier wäre, der sie in den Arm nehmen würde. Noch immer konnte sie seine Hände auf ihrem Körper spüren. Warum hatte sie ihn einfach so gehen lassen? Wegen Tom? Vermutlich! Wahrscheinlich! Für eine scheinbare finanzielle Sicherheit hatte sie auf die Liebe verzichtet!

Sie setzte sich an das Telefon in der Lobby und rief Sofia an. Vielleicht war Alexej noch bei ihr. Die Freundin meldete sich und sagte, dass er vor ein paar Minuten abgeflogen war. Ohne den Eisbecher hätte Jasmins Anruf ihn noch erreicht. Wieder liefen Tränen über ihr Gesicht. „Du hast mich doch nach dieser Frau gefragt. Nach Gaby", sagte Sofia und lenkte Jasmin damit von ihrem Schmerz ab. „Ja! Erzähle! Was hast du herausgefunden?" „Meine Großmutter hat sie gekannt. Der Mann auf der Insel hatte sie fast einen Tag lang gesucht. Sie musste irgendwo mit dem Kopf aufgeschlagen sein und ist danach im Meer ertrunken", erzählte Sofia und Jasmin griff sich an den Kopf, wo die kleine Beule immer noch von ihrem Sturz zu fühlen war.

„Kennst du den Namen von dem Mann?", fragte sie zurück und Sofia verneinte, versprach aber, darüber noch mal mit ihrer Großmutter zu reden. Nach dem Telefonat drängte sich wieder die Frage nach der Zukunft auf. Ihr fiel nur Roswitha ein, ihre Freundin aus der Lehrzeit. Vielleicht konnte sie bei ihr ein paar Wochen unterkommen. Doch sie konnte sie nicht anrufen. Die Telefonnummer war im Handy gespeichert und das war nur noch Schrott! Konnte man aber wenigstens die Nummer noch retten? Sie holte das Stück unnützes Glas und Metall, ging zum Pensionswirt und der zeigte auf einen Handyladen, der nur ein paar Meter entfernt in einer Seitengasse war. Schnell ging Jasmin dort hin und nach ein paar Minuten hatte sie ein neues Telefon und die alte Karte funktionierte noch. Die Nummer war gerettet.

Auf dem Rückweg zur Pension kaufte Jasmin noch ein Notizheft, um ihre Erlebnisse aufzuschreiben. Im Zimmer zurück, setzte sie sich auf das Bett, rief ihre Freundin an und fragte, ob sie eine Weile bei ihr bleiben konnte. Roswitha war zwar nicht allzu begeistert, sagte aber schließlich zu, ihr zu helfen. Danach berichtete Jasmin über ihren Inselaufenthalt. Das Telefonat dauerte fast zwei Stunden und rief ihr noch einmal alles vor Augen, was in der letzten Woche passiert war.

Nachdem sie aufgelegt hatte, begann sie alles niederzuschreiben. Nur unterbrochen vom Abendessen schrieb Jasmin bis mitten in die Nacht. Dann schlief sie am Tisch ein und träumte von Alexej. Dabei spürte sie wieder seine Hände auf ihrem Körper. Mit der Erinnerung an den letzten Höhepunkt vor der Rettung wachte sie wieder auf und wusste, dass sie von ihm schwanger war.

Verschlafen blickte sie in die ersten Sonnenstrahlen des neuen Tages. Ihr Blick fiel auf ihr eigenes Buch und auf das von Gaby, das unmittelbar neben ihr auf dem Tisch lag. Sie hatte es in den letzten Tagen sicherlich zwanzig Mal gelesen und kannte jedes Wort fast auswendig. Eine Idee reifte in Jasmins Kopf. Könnte sie aus den beiden Geschichten nicht eine machen und diese dann als Buch veröffentlichen? Dabei fehlte ihr aber noch ein richtig schöner Schluss und vielleicht konnte sie dazu etwas von Sofia erfahren, wenn sie mit der Fähre zum Flugplatz hinüberfahren würde.

Müde und trotzdem voller Tatendrang schlich sie unter die Dusche und stieg wenig später munter und erfrischt in den Frühstücksraum der Pension hinab. Im Flur stand eine kleine Waage, auf die sie sich schnell stellte. Durch die Orangen und Fisch Diät hatte sie in einer Woche etwa fünf Kilo an Gewicht verloren, die sie nun bei dem ausgiebigen Frühstück wieder zu sich nahm.

Natürlich hatte auch der „Sport" mit Alexej für den Gewichtsverlust gesorgt und wieder gingen ihre Gedanken zu dem unbekannten Freund. Nur seinen Vornamen kannte sie. Alles andere war unwichtig gewesen. Mit der Gabel stocherte sie im, das Frühstück abschließenden, Rührei herum und träumte sich auf die Insel zurück. Mit genügend Verpflegung hätte man es da sicher länger aushalten können. Vielleicht auch vier Monate, so wie Gaby und Hans?

Nach ihrem ausgiebigen Mal lag sie wenig später eingecremt am Pool und schrieb weiter die Geschichte auf. Immer wieder richtete sie ihren Blick auf die so vertraute Insel, die genau in ihrem Blick lag, aber so klein war, dass sie eben nicht zu sehen war.

Wehmütig dachte sie an den Tag zuvor zurück. Buchstabe für Buchstabe wanderten ihre Gedanken in das Notizbuch. Und so manche Träne wischte einen dieser Buchstaben auch wieder aus.

28. Kapitel

Alles gut?

War nun alles gut? Ulrike hatte die Frau weggehen sehen und Tom war bei ihr geblieben. Das konnte man nun also als eine Entscheidung aus Liebe von Tom werten. Aber war es wirklich eine gewesen? Oder war der Mann nur aus Berechnung bei ihr geblieben? Weil er aus ihrer Arbeit einen Nutzen für sich ziehen wollte. Konnte es wieder geschehen, dass er sich in seiner Arbeit vergaß. Dass er sie vergaß? Hatte sie das nicht schon einmal mit ihm erlebt. Zweifel fraßen sich in Ulrikes Kopf. Sie sah zu Tom und kaute nachdenkend auf ihrer Unterlippe.

Kaum war die andere Frau gegangen, da wendete sich Tom seiner Arbeit zu und sie stand unschlüssig einfach dort herum. Noch war die Erinnerung an die letzte Nacht in ihr und sie konnte noch seine zärtlichen Berührungen spüren, aber seine Gedanken waren schon wieder bei der Arbeit und nicht mehr bei ihr. Missmutig sah sie ihm nach. Wenn es etwas genutzt hätte, dann hätte sie jetzt zornig mit dem Fuß aufgestampft.

Aber sie kannte ihn ja. Vermutlich konnte er gar nicht anders.

Schon einmal war die Beziehung daran zerbrochen und bis gerade eben hatte sie noch gehofft, dass er sich geändert hatte. Unschlüssig stand sie vor dem Pool und sah zu ihm hinüber. Er sah nur noch auf seine Zeichnung! Irgendwie war sie abgemeldet. Bis gerade eben hatte er noch etwas von „Ihrem Hotel" erzählt und nun stand sie hier dumm herum. Der Innenausbau würde noch mindestens eine Woche dauern und was sollte sie bis dahin machen? Eigentlich musste sie auch noch ihre alte Arbeit kündigen. Doch sollte sie das wirklich? Natürlich war der alte Job ungeliebt, aber zumindest sicher. Hier ging sie auf volles Risiko. Mit Tom und dem Job. Beides ging nur zusammen. Kein Tom, kein Job. Umgedreht vermutlich auch.

Was sollte werden? Partner in der Arbeit? Partner in der Liebe? Oder beides? Letzteres wäre zu schön. Doch im Moment stand sie verloren auf dem Platz zwischen den beiden Hotels. Ihr Blick ging zu dem Laden. Sollte sie vielleicht mit Elias etwas unternehmen? Unschlüssig warf sie einen Blick über die Schulter zurück zu Tom. Na prima! Zwischen zwei Männern gefangen. Das ging ja schon mal gut los.

Aber Tom schien es gar nicht zu interessieren. „Verdammt!", sauste es durch ihren Kopf. Den ganzen Tag am Pool liegen oder etwas unternehmen? Etwas unternehmen! Falls Elias da war. Schnellen Schrittes ging sie über die freie Fläche, die sich langsam in der Sonne aufheizte. Sogar durch die Sohle der Sandalen war die Hitze zu spüren.

Die wohltuende Kühle der Klimaanlage empfing Ulrike, als sie den Laden betrat, aber Elias war nicht da. Eine ältere Frau saß auf einem klapprigen Hocker und sah zu ihr auf. Ulrike nickte ihr zu und ging zu einem Regal, um wenigstens etwas zum Lesen zu finden, wenn der Mann schon nicht da war. Offensichtlich war eine andere Frau schneller gewesen und er war nun mit ihr unterwegs. Störte sie das? Nicht wirklich. Er war ja auch eigentlich nur Zeitvertreib gewesen.

Unschlüssig stöberte sie in dem Regal herum, als die andere Frau den Laden betrat und in ein Gespräch mit der älteren Frau kam. Offensichtlich war ihr Handy defekt und sie brauchte ein neues. Unwillkürlich hörte sie dem Gespräch zu, ohne wirklich darüber nachzudenken. Eigentlich hätte sie sich bei ihr entschuldigen müssen. Hatte sie ihr nicht den Freund ausgespannt?

Um nicht erkannt zu werden, drückte sich Ulrike weiter in eine Ecke, wo sie ein anderes Regal vor sich hatte, durch dessen Fächer hindurch sie die beiden Frauen beobachten konnte, die gerade mit dem Handy beschäftigt waren. Die Frau erzählte von einer einsamen Insel, auf der sie eine Woche festgesessen hatte. Ein bisschen bedauerte sie die andere Frau, aber durch dieses Missgeschick hatte sie ja auch nur die Möglichkeit gehabt, näher an Tom zu kommen. Und sie hörte keinen Groll in der Stimme der Jüngeren.

Offensichtlich hatte sie schon mit Tom abgeschlossen. Ulrike wendete sich einem Regal mit Sonnenbrillen zu und ihr Blick fiel durch das Fenster auf Tom. Der saß wieder an seinem Platz. So wie schon fast eine Woche lang. Während die jüngere Frau zahlte und ging, grübelte Ulrike weiter. War Tom wirklich der Richtige für sie? Unentschlossen schob sie sich die nächste Sonnenbrille auf die Nase und war doch gar nicht bei der Sache.

In Ihren Gedanken ging sie die Zeit ihrer Partnerschaft mit Tom und die letzte Woche durch. Nicht viel hatte sich geändert, aber die Flaschen der letzten Zeit hatten es ja auch nicht gebracht. Bis auf Elias, der war anders gewesen. Er war einfühlsam und aufmerksam. Aber im Moment sicherlich bei einer anderen Frau. Sie kannte das ja von Mallorca. Da gab es diese „Herren" auch. Die Männer, die nur auf ein Abenteuer aus waren, und die auf die Frauen mit demselben Wunsch trafen. Einfach nur schneller, unverbindlicher Sex. Meist verbunden mit viel Alkohol. Wenn sie etwas Dauerhaftes wollte, dann blieb nur Tom. Sie nahm die Sonnenbrille, ging diese bezahlen und trat auf den aufgeheizten Platz vor dem Laden. Wie ein Gluthauch traf sie die Hitze nach der angenehmen Kühle des Ladens.

Tom saß unter seinem Sonnenschirm und hatte immer noch keinen Blick für sie. Wenn sie ihn wollte, so musste sie etwas tun! Wenn Ulrike jetzt nicht die Initiative ergriff, dann war die Beziehung auch schon wieder vorbei, noch ehe sie wieder richtig begonnen hatte. Unschlüssig sah sie über den Platz. Eigentlich gab es nur zwei Möglichkeiten. Erstens, sie musste ihn von der Arbeit ablenken und abholen. Und zweitens, sie musste sich bei der Arbeit beteiligen und ihm so vermitteln, wie wichtig sie für ihn und das Projekt war. Oder beides? Zuerst helfen, dann würde er schneller fertig werden und dann zusammen irgendetwas Schönes unternehmen? Das war doch die beste Lösung!

Entschlossen ging sie über den Platz, griff sich unterwegs einen Stuhl und setze sich unter den Sonnenschirm. Mit einem Blick erfasste sie die Situation auf dem Plan.

Sie seufzte und zeigte mit dem Finger die richtige Stelle. Dann sagte sie „Wir sind doch schneller, wenn wir zusammen arbeiten. Oder?" Tom nickte, zeichnete den Plan um und fragte danach „Dann könnten wir später in der Bucht noch baden gehen." Ulrike strahlte ihn an. Er hatte sie verstanden. Alles war gut!

29. Kapitel

Ungelöste Fragen

Der Stift raste nur so über das Papier des dünnen Notizbuches dahin. Jasmin schrieb jeden Gedanken nieder, der ihr im Moment auch nur einfiel. Es war ein ziemliches Durcheinander und nicht in der Reihenfolge, wie es wirklich passiert war, aber sie wollte so viel wie möglich festhalten, solange noch die Erinnerung in ihrem Kopf frisch war. Sortieren konnte sie es später immer noch. Gabys Buch hatte sie auf ihrem Zimmer wie einen Schatz im Tresor verschlossen.

Sie lag schon eine ganze Weile am Pool, aber sie bekam so rein gar nichts von dem mit, was um sie herum passierte. In ihren Gedanken war sie weit fort. Da war sie noch mit Alexej auf der kleinen Insel, die sie mit etwas Glück und einem guten Fernglas vielleicht von ihrer Position am Pool hätte sehen können. Der Flug für den nächsten Tag war schon gebucht und die Fähre würde sie dann auch an der Insel wieder vorbeibringen.

In einer kurzen Pause kaute sie grübelnd auf dem Stift herum und blinzelte in die Sonne. Hier war sie im Moment die einzige, die anderen hatten sich, der Hitze wegen, nach drinnen verzogen. Der Blick von hier aus war einfach nur atemberaubend und brachte die nächsten Erinnerungen zu ihr zurück.

Blau glitzerte das Meer zu ihr herauf. Die kleinen Schaumkronen kamen ihr alle bekannt vor. Nur einen Tag zuvor hatte sie diese auch von der Insel beobachten können. Wieder flogen die Gedanken zurück über die Wellenkämme dahin. Ein neuer Gedanke wollte in das Buch. Für einen Augenblick verspürte sie einen kalten Hauch auf der Haut und spürte die Gänsehaut. Es fühlte sich so an, als ob eine Hand sie streifen würde und erneut war nur ein Wort in ihrem Kopf „Alexej".

Warum hatte sie sich noch nicht mal richtig von ihm verabschiedet? Jasmin hatte sich einfach von ihm weggedreht und war gegangen, so als wäre die schöne Zeit auf der Insel auch nur auf diese Insel beschränkt gewesen. So als ob der Zauber dieses malerischen Paradieses auch nur dort wirken konnte. Und doch war da so eine Spitze in ihrem Herz geblieben. Jetzt zog es sie wieder dorthin, wo sie mit Alexej glücklich gewesen war. Neue Worte flossen in die Zeilen des Buches. Sie war wieder auf der Insel!

Als sich langsam die Dämmerung auf die Terrasse herab senkte, da merkte Jasmin, dass sie wohl zu lange in der Sonne gewesen war. All die Zeit auf der anderen Insel, immerhin acht Tage lang, hatte sie keinen Sonnenbrand bekommen, aber als sie wieder in die Pension hineinging, um zum Abend zu essen, da sah sie im Spiegel eine Person, die so rot wie ein in kochendes Wasser geworfener Krebs war. Die Wirtin kam auf sie zugelaufen und gab ihr eine Tube mit einer Salbe, die sich Jasmin sofort auftrug. Diese kühlte ihre Haut und ließ das Brennen erträglich werden, das sich gerade über ihren Körper zog.

Minuten zuvor, draußen am Pool, hatte sie das noch nicht gespürt, da war sie vollkommen in ihrem Buch verschwunden. Nun hatte sie die heiße Realität wieder eingeholt. Unter der kalten Dusche sah sie, wie sich die weißen Stellen auf der Haut von den roten Stellen abgrenzten. Trotz der kühlenden Salbe merkte Jasmin, wie sich die Haut schon zusammenzog. Das würde sicher eine schmerzhafte Nacht werden. Noch einmal trug sie die Salbe auf.

Nach einer schlaflosen und qualvollen Nacht stand Jasmin am folgenden Morgen mit ihrem Koffer an der Rezeption. Die Wirtin gab ihr noch eine Tube von der kühlenden Creme mit auf den Weg. Schließlich ging sie mit dem Koffer den Weg wieder hinunter zum Anleger der Fähre. Jasmin hatte sich ein extra großes T-Shirt angezogen, das soweit wie möglich von der gereizten Haut fern war. Wartend auf die Abfahrt des Schiffes schmierte sie sich noch einmal mit der Creme ein, die auch wirklich half.

Ihr Blick ruhte auf dem weißen, schlanken Bootskörper, der sanft in der Dünung schaukelte. Die Mannschaft machte das Schiff schon seeklar und die Frau sah auf die drei Männer, die anscheinend wussten, was zu tun war. Kein Handgriff war unnötig, jeder Griff sicher schon jahrelang geübt. So hatte sie es auch bei Alexej gesehen, als der sein Boot seeklar gemacht hatte. Ewig her schien das zu sein. Wieder dachte sie daran zurück, was wohl passiert wäre, wenn sie die Fähre erreicht hätte. Dann wäre ihr das Abenteuer auf der Insel erspart geblieben, aber dann hätte sie eben auch das Glück in Alexejs Armen nicht gefunden.

Wehmütig sah sie auf die Bucht hinaus. Wo war er jetzt? Eine Träne tropfte auf ihr T-Shirt. Schnell wischte sie sich die anderen mit dem Handrücken ab. Ein älterer Mann mit einem schon grauen Bart trat vom Schiff aus auf den Anleger, kassierte das Fahrgeld und führte sie über eine Planke an Bord. Dort suchte sich Jasmin einen Platz am Bug, wo sie ihren Koffer neben sich stellte und an die Bordwand anlehnte.

Von dort aus ging ihr Blick wieder auf jenen Punkt, den sie noch nicht sehen konnte, aber an dem sie so glücklich gewesen war. Wenig später pfiff das Schiff und legte dann ab. Sanft schaukelte die Fähre, als sie die Wellen vor dem kleinen Hafen durchbrach, bevor sie die offene See erreichten. Nun ließ sie Tom hinter sich, von dem sie sich seelisch schon längst getrennt hatte. Der alte Mann trat neben sie und sie zeigte auf den näher kommenden Punkt.

Dann reichte er ihr sein Fernglas und sie konnte wenigstens die Umrisse der Insel sehen. Viel zu weit war diese entfernt und nun erst erkannte sie wirklich die Nutzlosigkeit ihres Herumhüpfens am Strand. Alexej hatte auch dabei recht gehabt. Langsam zog das Eiland vorbei und verschwand hinter ihnen. Nun sah sie nach vorn, aber die Gedanken waren auf der Insel geblieben. Bei Alexej! Laut schluchzte sie. Er war fort! Für immer! In ihrer Trauer bemerkte sie nicht mal, dass das Ziel ihrer Fahrt immer näher kam. Die Tränen hatten ihren Blick verschleiert. Erst das Anlegemanöver holte sie aus ihrer Traumwelt zurück.

Mit dem Koffer auf dem Anleger stehend sah sie auf die Uhr. Noch mehr als eine Stunde, bevor das Flugzeug starten würde. Jasmin beschloss, noch einmal bei Sofia auf ein Glas Cola vorbeizuschauen. Vielleicht hatte sie ja auch etwas zu Gaby und Hans aus ihrer Großmutter herausbekommen.

Wenig später saß sie auf dem Hocker in der Bar und unterhielt sich mit der Frau. Aber es war nicht viel, woran sich die alte Frau erinnern konnte, wie ihr Sofia missmutig mitteilte. Zu lange war es nun schon her. Allerdings hatte sie sich an den Nachnamen von Hans und dessen damalige Heimatstadt erinnern können und das war doch zumindest eine weiterführende Spur.

30. Kapitel

Entscheidung aus Liebe

Eigentlich war ja Montag und trotzdem hatte Tom beschlossen, diesen Tag mit Ulrike zu verbringen. Durch ihre Mitarbeit hatte er so viel Zeit aufgeholt, dass der eine Tag als Erholungspause durchaus heraussprang. Jasmin war schon fast vollständig aus seinem Kopf verschwunden. Sicherlich war sie nur zur Überbrückung da gewesen. Um seinen Kummer im Griff zu halten. Aber hatte er sich wirklich mal um sie bemüht? Im Moment fragte er sich, wie sie es überhaupt so lange mit ihm hatte aushalten können. Nun war aber Ricke wieder da und er wollte den alten Fehler nicht noch einmal machen. Den Sonntag hatten sie schon zum Teil gemeinsam verbracht. Sie waren Baden gewesen und das hatte ihr sichtbar gefallen.

Noch lag sie schlafend neben ihm und eigentlich spürte er den Zug an sich, sofort wieder an den Tisch zu gehen, um das Vorankommen des Hotelbaues zu überwachen. Doch eigentlich war das ganze vollkommen nutzlos. Er korrigierte nur ständig seinen Plan, weil keiner der Arbeiter das tat, was er eigentlich tun sollte. Den aufkommenden Unwillen besänftigte ein Blick in das Gesicht der schlafenden Frau. Die roten Haare waren ihr herabgefallen und verdeckten einen Teil ihrer Gesichtszüge. Vorsichtig und ohne sie zu wecken, strich er ihr eine Strähne aus der Stirn. Er dachte an die letzte Nacht zurück und daran, wie sehr sie ihm wirklich gefehlt hatte. Lange hatte er es nicht begriffen, nun erst wusste er es wirklich. Und er wollte sie behalten! Daher würde er etwas Zeit in die Beziehung investieren müssen. Langsam beugte er sich zu ihr hinüber und küsste sie.

Verschlafen bewegte sich Ricke und schlug die Augen auf. „Du bist noch da?", fragte sie fast verwundert und er entgegnete nur „Natürlich", obwohl es nicht so natürlich war. „Wollen wir heute wieder baden gehen?", fragte er sie leise und sah, wie sie die Augenbrauen hochzog. „Es ist doch aber Montag!", sagte sie nun deutlich überrascht. Tom konnte nur nicken und dann küsste sie ihn. „Na klar", begann sie und setzte sogleich fort „Ich kenne einen schönen Platz dafür. Kannst du uns zwei Räder besorgen?" „Das mache ich dann gleich", antwortete er und zog die Decke von ihrem nackten Leib. Seine Finger begannen ihren Körper zu erkunden und Tom spürte, wie sie sich ihm entgegen drückte.

Etwa eine Stunde später stand er mit zwei Fahrrädern unten auf dem Platz vor dem Hotel. Freudestrahlend trat Ricke auf die Freifläche, küsste ihn und griff zu dem einen Fahrrad. „Wohin?", fragte er und sie setzte mit einem Augenzwinkern hinzu „Las dich überraschen." Dann rollten sie aus dem kleinen Dörfchen hinaus.

Es ging einen Feldweg entlang, der zu beiden Seiten von hohem Gras gesäumt wurde. Schnell schloss er zu ihr auf und sie radelten eine ganze Weile Seite an Seite dahin. Der Fahrtwind kühlte sie und das luftige Kleid von Ulrike wedelte im Wind hinter ihr her. So, wie auch ihr Haar im Wind in leichten Wellen hinter ihr her wehte. Unmerklich stieg der Weg an und Tom merkte es nur daran, dass er härter in die Pedale treten musste. Wann war er eigentlich zum letzten Mal Fahrrad gefahren? Während er schon ins Schwitzen kam, lächelte sie ihn nur von der Seite aus an. Noch immer hatte sie nicht verraten, wo das Ziel ihrer Reise sein würde.

Er hoffte, dass ihre gemeinsame Reise noch sehr lange dauern würde, aber dass diese Tour baldmöglichst endete, bevor er schnaufend vom Rad steigen musste. Schließlich wollte er sich vor ihr ja nicht blamieren. Dann war der höchste

Punkt überschritten und es ging abwärts. Die Gräser wurden höher und unten war schon das Blau einer kleinen Bucht zu sehen. Offensichtlich weitab von jeglicher Zivilisation.

Nach der schnellen Fahrt bergab lagen schon nach wenigen Augenblicken ihre Räder im Gras. Ihre Kleidung folgte. Splitterfasernackt sprangen sie beide in die Bucht. Sie tollten umher wie kleine Kinder und der Hotelneubau war fern.

Einfach nur fallen lassen und sich treiben lassen in den Wellen. Konnte es etwas Schöneres geben? Es konnte! Ricke drückte im Schwimmen ihren Körper an den seinen. Im Kuss vereint standen sie kurz darauf im hüfthohen Wasser und sie umklammerte ihn mit ihren Beinen. Er hatte das Paradies gefunden.

31. Kapitel

Spurensuche

Mit quietschenden Reifen setzte das Flugzeug auf dem Flugplatz ihrer Heimatstadt auf. Jasmin sah aus dem Fenster auf die Silhouette der vertrauten Stadt. Nicht einmal zwei Wochen war die junge Frau fort gewesen und doch hatte sich in dieser Zeit so einiges geändert. Sie hatte sich geändert! Noch wusste sie nicht wirklich, was werden würde, doch bei Tom konnte und wollte sie nicht bleiben. Die Maschine rollte aus und näherte sich dem Terminal. Die Tür wurde geöffnet und sie machte den Gurt auf, der sie die letzten Minuten an den Sitz gefesselt hatte.

Dann folgten die ersten Schritte zurück in eine unsichere Zukunft. Nach ein paar Dutzenden Metern sah sie ihre Freundin Roswitha in der Empfangshalle stehen und lief auf sie zu. Sie umarmten sich, wie sie es schon so oft gemacht hatten. Und doch war es nun etwas anders. Von Roswitha hing im Moment ihr Leben ab. Zwar hatte sie die Freundin schon gefragt, ob sie bei ihr wohnen könnte, doch eine richtige Antwort hatte Jasmin noch nicht erhalten.

Doch ohne ein Wort der Erklärung griff sich die Freundin Jasmins Koffer und zog sie hinter sich her zum Parkplatz, wo sie ihren kleinen, roten Flitzer geparkt hatte. Jasmin versuchte zu fragen „Darf ich denn bei dir bleiben? Zumindest für eine gewisse Zeit?" „Natürlich. Warum fragst du? Ich dachte, das wäre klar", entgegnete Roswitha und verlud den Koffer. Fast wäre Jasmin der Freundin noch einmal um den Hals gefallen. Wenig später rollten sie vom Flughafengelände und die Freundin fragte „Was wird nun werden?" Jasmin zuckte mit den Schultern. Das wusste sie ja selbst noch nicht.

Zuerst mussten sie ihre Sachen aus Toms Wohnung holen. Alles andere würde sich ergeben. Ihre Gedanken flogen zurück zu Alexej. Unwillkürlich legte sie ihre Hände auf ihren Bauch. Auch wenn noch nichts zu spüren war und es auch noch zu früh für einen Test war, so war ihr doch klar, dass sie dieses Kind behalten wollte. Zumindest das war ihr also schon mal für die Zukunft bewusst. Und sonst? Allein mit Kind, in der Wohnung der Freundin?

Noch etwas hatte sie ja zu klären. Sie kannte den vollständigen Namen von Hans und wollte versuchen, den Mann zu finden. Am Steuer sitzend begann Roswitha „Hast du das Buch mit, von dem du mir so am Telefon vorgeschwärmt hast?" „Natürlich. Ich habe es sogar im Handgepäck, damit es nicht eventuell verschwinden kann. Aber ich kenne es nun schon auswendig!", entgegnete Jasmin und klopfte auf ihre Handtasche, in welcher sie den Schatz verwahrt hatte. „Darf ich es denn auch mal lesen? Du hast mir schon so viel davon erzählt", bettelte Roswitha fast, während sie das Auto durch die Straßen lenkte. „Na klar. Aber zuerst müssen wir noch meine Sachen aus Toms Wohnung holen", erklärte Jasmin, aber da fuhr die Freundin schon auf einen kleinen Parkplatz, der direkt gegenüber von Toms Wohnung war.

Schnell hatten sie alles eingepackt, was Jasmin gehörte. Es war nicht viel. Ein letzter prüfender Blick, dann schloss sie ab und warf den Schlüssel in den Briefkasten. Ein Lebensabschnitt endete und ein neuer begann.

Genauso schnell, wie die Sachen eingepackt gewesen waren, so schnell waren diese in dem kleinen Zimmer in Roswithas Wohnung dann auch wieder ausgepackt. Zwölf Quadratmeter, die nun Jasmins Reich geworden waren. Nicht viel, aber gemütlich. Bisher war das Roswithas Gästezimmer und Rumpelkammer gewesen, aber mit ein bisschen Mühe hatten sie es sehr gemütlich gestaltete. Da es nun auf den Abend zuging, zog sich Jasmin in ihr Zimmer zurück, um sich von den Strapazen des Tages auszuruhen, aber zuvor überließ sie der Freundin noch das Buch, da sie den bettelnden Blick von Roswitha schon seit einiger Zeit ignoriert hatte und nun doch noch ein Einsehen mit ihr hatte. Der Schlaf kam schnell, aber Jasmin war im Traum wieder auf ihrer Insel. Im Paradies. In Alexejs Armen!

Als sie am Morgen aus dem Zimmer kam, da saß Roswitha immer noch auf der Couch, so wie sie diese am Abend zuvor verabschiedet hatte. In den Händen das kleine Büchlein. Mit zerzausten Haaren und in die Lektüre vertieft. „Guten Morgen. Bist du immer noch wach?", fragte Jasmin verschlafen und die Freundin sah zu ihr auf „Das Buch ist so fesselnd. Ich konnte es nicht weglegen", entgegnete die Freundin, dann klappte sie es zu. „Zweimal habe ich es gelesen. Es ist ganz schön aufregend", erklärte sie, während sie das Büchlein auf den Tisch vor sich ablegte, gähnte und die nackten Beine auf den Fußboden setzte.

„Du meinst wohl erregend?", fragte Jasmin lachend, während sie die Hose von Roswitha vom

Boden aufhob. „Na das besonders", erwiderte Roswitha lächelnd und strich sich die zerwühlten Sachen glatt. „Mir ging das beim Lesen auch so", stellte Jasmin fest, übergab die Hose und ging in das Bad hinüber, in welches ihr die Freundin, nun angezogen, folgte.

Während das warme Wasser der Dusche über Jasmins Körper lief, fragte Roswitha sie „Was wirst du mit dem Buch machen?" „Ich dachte, dass ich es herausbringen könnte, aber dazu muss ich erst Hans befragen. Wenn er seine Zustimmung gibt, dann könnte ich mir das durchaus vorstellen", sagte Jasmin, stellte die Dusche ab und kam aus der Kabine heraus. Roswitha gab ihr das Handtuch und sagte „Ich gehe ihn schon mal suchen." „Er müsste jetzt so um die achtzig sein", setzte Jasmin noch hinzu, während sie sich abtrocknete und die Freundin schon auf dem Weg in die Stube war.

Schließlich ging Jasmin in ihr Zimmer und als sie wenig später angezogen in das Wohnzimmer kam, da sagte Roswitha freudestrahlend „Ich habe ihn!" „Wirklich? So schnell?", entgegnete Jasmin überrascht und sah der Freundin über die Schulter auf den Monitor des Laptops. „Der Name ist ziemlich einzigartig und in der Stadt habe ich den nur ein einzigen Mal gefunden", erklärte Roswitha und zeigte mit dem Finger auf ein Bild, welches einen alten Mann zeigte, der sicherlich Hans sein konnte. Name, Ort und Alter schienen perfekt zu passen. Zu perfekt?

„Ich muss da hin!", rief Jasmin aus, „Ich fahre dich!", setzte Roswitha hinzu, bevor Jasmin überhaupt nachdenken konnte, wie sie in die etwa hundert Kilometer entfernte Stadt kommen konnte. „Ich gehe mich nur schnell duschen", beschloss Roswitha den Satz und schnell war in diesem Falle wirklich wörtlich gemeint, denn sie rannte in das Bad und zog sich schon unterwegs aus.

Keine dreißig Minuten später saßen sie im Auto und waren auf dem Weg. Das Buch hatte Jasmin auf ihrem Schoß. Sie kannte den Mann von Gabys Beschreibungen. Er schien ihr ein vertrauter Freund zu sein und doch hatte sie ihn noch nie gesehen. Was würde er sagen?

32. Kapitel

Schmerzlicher Verlust

Die Ablenkung und Ruhe hatte nichts gebracht. Wohin Alexej auch immer sah, er sah Jasmins Augen. Im Meer, im Pool, sogar in den Wolken über sich konnte er sie sehen. Und so rein gar keine Chance, die Frau irgendwann mal wiederzufinden. Aus den Augen, aus dem Sinn. So konnte es vielleicht sein, aber das funktionierte hier, in diesem Falle, nicht. Er hatte sich in die Frau verliebt und es nicht mal wirklich gemerkt, bis es dann zu spät gewesen war. Er kannte nur ihren Vornamen. Sonst nichts. Eine Deutsche von vielleicht 35 Millionen deutschen Frauen. Alexej erinnerte sich daran, dass sie gesagt hatte, dass sie in einem Laden gearbeitet hatte. Nur in welchem? In welcher Stadt? Fragen ohne Ende.

Nun versuchte er seinen Kopf mit Sport freizubekommen, dazu lief er am Strand entlang, so schnell er nur konnte. Sein Herz raste, aber das gab ihm nur wieder dieses Gefühl, welches er hatte, als sie zusammen auf der Insel gewesen waren. Seine nackten Füße hinterließen Spuren im feuchten Sand, die schon bald von den Wellen wieder ausgelöscht werden würden. Doch die Spuren, die Jasmin in seinem Herzen hinterlassen hatte, die konnten weder die Wellen noch der Sport wieder auslöschen. Er stolperte und ging in die Knie. Das Herz schmerzte und Alexej griff sich an die Brust. Aber es war nicht die Anstrengung, die ihn in die Knie zwang, sondern der Schmerz des Verlustes.

Eine Trauer befiel ihn, die das Sehnen ablöste. Schwer atmend sah er zu Boden. Dasselbe Wasser hatte noch vor wenigen Tagen ihren Körper umspült. Er griff in die Wellen und hob mit der flachen Hand etwas Wasser zu sich empor, doch die Flüssigkeit fiel Tropfen für Tropfen in den Sand. Das war so ziemlich bezeichnend für das, was er im Moment fühlte. Sein Blick ging zu seinem Haus zurück. Mit Mühe stemmte er sich hoch und ging langsam zurück zu seiner Wohnung. Vielleicht konnte er sich in die Arbeit stürzen, den Urlaub abbrechen und nicht mehr an Jasmin denken.

Eine Stunde später war er im Wagen und auf dem Weg zu seiner Firma. Dort ging alles seinen gewohnten Weg. Er hätte ja noch mehr wie eine Woche Urlaub und daher waren alle nicht auf sein Erscheinen gefasst gewesen. Trotzdem hatten alle genau das gemacht, was er von ihnen erwartet hatte. Grigori hatte vermutlich alles fest im Griff. Kurz informierte ihn der Freund über alles, was in den letzten Tagen so passiert war. Dann verzog sich Alexej in sein Büro und klemmte sich hinter den Monitor. Kurse zuckten in Grafiken über die Bildschirme. Rote, gelbe und grünen Linien bildeten ein unübersichtliches Wirrwarr auf seinem Monitor. Wichtig war nur der eine Punkt, den er beobachten musste, bevor er kaufen oder verkaufen konnte.

Seine Sekretärin betrat leise das Büro und brachte ihm eine Tasse Kaffee, doch er blickte nicht von seiner Arbeit auf. Der Punkt des Kaufens kam immer näher. Seine Finger schoben die Maus zu der Schaltfläche und er fixierte diesen einen wichtigen Punkt. Dann sah er in der spiegelnden Oberfläche des Monitors wieder Jasmins Augen. Der Bruchteil einer Sekunde war es nur gewesen, in dem er abgelenkt war, dann schickte er die Kauforder hinaus und erstarrte.

Eine Sekunde zu spät!

Alexej schlug sich mit der flachen Hand gegen die Stirn. „Du Idiot!", brüllte er sich selbst an. Fünf Millionen Euro in den Sand gesetzt und verloren. Wütend auf sich selbst warf er die Tasse Kaffee gegen die weiße Wand des Büros. Ein brauner Fleck zeichnete sich ab und wie um ihn zu ärgern bildete er auch noch die Umrisse einer Frau. Jasmins Umrisse!

Grigori betrat vorsichtig das Büro, sah auf die Wand und blickte ihn besorgt an. „Das holen wir wieder heraus", erklärte er beschwichtigend nach einem Blick auf den Monitor. „Es ist doch nur Geld!", setzte er noch hinzu und verließ schnell das Büro. Sicherlich hatte der Freund mit seiner Äußerung recht, aber viel mehr als der Verlust des Geldes schmerzte ihn der Verlust der Frau. Und das war wohl kaum wieder rückgängig zu machen.

Er stand auf und ging zum Fenster. Das Meer war auch von hier aus zu sehen. Zwar nur als ganz kleiner Streifen am Rande, aber immerhin. Eine Idee reifte in seinem Kopf. Alexej griff zum Telefon und rief seinen Freund herein. Als Grigori erschien erklärte er „Ich ziehe mich mal ein paar Tage zurück, Ich überlass dir weiter die Firma. Du hast im Moment mehr die Ruhe." „Jasmin?", fragte der Freund und Alexej nickte nur. Dann war er wieder in seinem Auto und machte sich auf den Weg seinen Plan in die Tat umzusetzen.

Einen Tag später hatte er die Insel gekauft. Der Bürgermeister des Dorfes, zu dem die Insel gehörte, war froh, diesen verfluchten Platz endlich loszuwerden. Nun ging er auf die Suche nach einem Architekten, der ihm auf der Insel ein Haus hin bauen würde. Gerade groß genug für ihn. Mit all dem, was man auf der Insel brauchen würde. Ein Haus der Ruhe und des Träumens. Einen Platz, wo er Jasmin ganz nahe sein konnte.

Mit einem Motorboot fuhr er auf die Insel und setzte sich dort an den Strand, wo sie sich wenige Tage zuvor noch geliebt hatten.

Und an diesem Platz wurde er vom dem Schmerz der Trennung nur noch mehr übermannt. Seine Finger zogen Spuren durch den warmen Sand und seine Tränen tropften hinab. Warum nur? Warum hatte er nicht wenigstens nach der Telefonnummer oder dem Nachnahmen gefragt? Alexej legte sich in den Sand, schloss die Augen und dachte an die sieben Nächte, die sie hier gelebt hatten. Es waren Tage und Nächte im Paradies gewesen und er hatte es nur nicht begriffen.

Hier war er ihr nahe. Fast konnte er ihre Stimme im Rauschen der Wellen hören. Jeder Zentimeter dieser Insel war mit ihr verbunden. Auf jeden Stein hier hatte sie ihren Fuß gesetzt. Alexej setzte sich auf, öffnete die Augen und rief gegen die Wellen „Wo bist du?", doch er erhielt keine Antwort. Mühsam erhob er sich und ging zum Boot, das er auf den Strand gezogen hatte. Nun konnte er jederzeit wieder hierher zurückkommen, aber sie würde nicht hier sein.

Zumindest wäre er ihr aber an diesem Platz so nahe, wie sonst nirgendwo.

33. Kapitel

Mit der Hilfe von Freunden

Blaue Schilder an der Autobahn flogen nur so neben ihr dahin. Irgendwie kam es Jasmin so vor, als ob ein unsichtbares Band sie zu der Stadt zog, in der Hans lebte. Und natürlich ging das offensichtlich Roswitha auch so. Den Fuß auf dem Gaspedal bis ganz nach unten getreten, hofften sie beide, dass sie nicht in eine Kontrolle kommen würden. Das kleine Auto jaulte fast, aber sie beide übertönten das mit einem lauten Lied, was sie beide völlig falsch und mit schrägen Tönen zum Autoradio sangen. Zwischendrin lachten sie und sie vermieden es erst mal, über Gabys Buch zu reden, wegen dessen sie ja nun auf dem Weg waren.

Schließlich kam die Ausfahrt und nun säumten kleine Bäume die Straße. Eine Siedlung am Rande der Stadt war ihr Ziel und wenig später bog die Freundin ein und bremste vor dem Haus. „Sollen wir?", fragte Roswitha ungeduldig, „Ich habe noch nicht mal vorher gefragt. Was ist, wenn er nicht da ist? Oder wenn er damit abgeschlossen hat und nichts mehr davon wissen will?", fragte Jasmin unschlüssig ihre Freundin.

„Im Auto wirst du es nicht erfahren", entgegnete diese und öffnete die Tür. „Na komm schon!", sagte sie noch im Aussteigen und somit schloss sich Jasmin ihr an. Zögerlich zwar, aber da sie nun schon mal hier war, musste sie jetzt auch den letzten Schritt gehen. Was würde passieren? Es schien ihr so, als ob sie den Mann schon immer kennen würde und doch hatte sie ihn noch nie persönlich getroffen.

Jasmin legte ihren Finger auf den Klingelknopf. Ein letztes Zögern, dann drückte sie den Finger durch. Ein paar Minuten später öffnete ein alter Mann mit einem gütigen Gesichtsausdruck die Tür und sah sie freundlich an. „Was wollen sie?", fragte er und für einen Moment stutzte Jasmin. Die Stimme kam ihr sonderbar bekannt vor. „Kennen sie Gaby?", fragte sie und hielt ihm das Bild aus dem Buch vor die Nase.

„Das ist ja schon so lange her", begann der Mann, nahm das Bild und schob sich seine Brille zurecht. „Dann kommt doch mal rein", setzte er fort und trat einen Schritt zur Seite, um die beiden Frauen in seine Wohnung zu lassen. Die Räume waren nur spartanisch ausgestattet. Nach einem kurzen Rundgang saßen sie auf dem Sofa und er begann zu erzählen. Mit dem Satz „Ich habe sie dort verloren und bin nie darüber hinweggekommen. Mit ihr ist auch unser Kind gestorben. Gaby war damals im dritten Monat", beendete er schließlich seine Erzählung. Der alte Mann wischte sich eine Träne ab und Jasmin fragte „Haben sie etwas dagegen, wenn ich ein Buch aus ihrer Geschichte mache?" Der alte Mann schüttelte den Kopf. „Es war schön, mal wieder die alten Erinnerungen herauszuholen", sagte er, während er sie zur Tür begleitete und verabschiedete. Dort stehend musste Jasmin ihn einfach umarmen.

Anschließend fuhren sie wieder zurück. Unterwegs sagte Roswitha „Du meist das wirklich ernst mit dem Buch. Oder?" „Natürlich!", entgegnete Jasmin zu allem entschlossen. „Meine Nachbarin arbeitet bei einem Verlag. Vielleicht kannst du ja mit ihr sprechen." „Das ist eine super Idee", begann Jasmin und setzte hinzu, „Ich habe mir überlegt, die Geschichte der beiden mit unserer Geschichte irgendwie zu verknüpfen. Gaby war ja schwanger. Vielleicht kann ich es so schreiben, dass sie bei der Geburt gestorben ist und ich als ihre Tochter nach Jahren zufällig auch auf der Insel strande." „So mit Rückblenden und Erzählungen?", fragte Roswitha begeistert nach.

Und schon begann sich die Geschichte in Jasmins Kopf zu formen. Mit immer größer werdender Begeisterung erzählte sie eine Geschichte, die immer wieder durch kleine Einwürfe von Roswitha unterbrochen wurde. Noch bevor sie wieder zu Hause waren, stand schon das Konzept des Buches.

Als Jasmin in der Wohnung Kaffee kochte, war die Freundin schon zur Nachbarwohnung gegangen und wenig später saßen sie zu dritt auf dem Sofa. Die drei Frauen, alle im selben Alter, steigerten sich so sehr in das Projekt hinein, dass noch vor dem Abend sogar schon die ersten Details besprochen worden waren. Dann begann Jasmin aus den zwei Büchern, aus dem von Gaby und aus ihrem eigenen, einen Roman zu schreiben.

Zwei Nächte und zwei Tage schrieb sie ununterbrochen weiter auf Roswithas Laptop. Die Freundin versorgte sie mit Kaffee und die Nachbarin mit guten Ideen für die Handlung. Dann war die Story so, dass sich die Nachbarin die nächsten drei Tage daran setzte und das Manuskript überarbeitete. Dafür hatte sie extra Urlaub genommen. Anschließen trat der Drucker in Aktion und mit einem Bündel Papier brachen sie danach auf, um dem Verlag das fertige Buch zu präsentieren.

Natürlich hatte Greta, wie die Nachbarin hieß, ihre Vorgesetzten im Verlag schon auf die Geschichte vorbereitet. Jasmin wurde in einen Besprechungsraum gebeten, in dem schon ein paar Männer und Frauen Platz genommen hatten. Zum Glück wich Greta nicht von ihrer Seite. Nun ging es darum, bei Kaffee, Keksen und Tee, das Buch zu verteidigen und die Anwesenden davon zu überzeugen, dass es ein Erfolg werden würde.

Noch nie hatte Jasmin so etwas gemacht, aber sie war von ihrer Geschichte so überzeugt, dass dies praktisch ohne ein Problem vor sich ging.

Ihr Enthusiasmus war so ansteckend, dass sie am Abend einen Vertrag für das Buch und einen Vorschuss auf ihr Honorar in den Händen hielt. Der Geschichte stand nichts mehr im Wege. Die Nullen auf dem Scheck waren in solch einer Anzahl, dass sich Jasmin für das nächste Jahr keine Gedanken mehr um ihre Arbeit machen musste. Daher lud sie Roswitha und Greta zu einem festlichen Abendessen ein, bei welchem sie ihren gemeinsamen Erfolg feiern konnten. Aber in die ganze Feierlaune mischte sich auch ein wenig Wehmut bei Jasmin, denn sie hatte ja Alexej verloren und wusste auch nicht, wo sie ihn finden konnte.

Sehnsüchtig dachte sie an die Ereignisse auf der Insel zurück und meinte wieder seine Hände auf ihrem Körper spüren zu können. Durch das Schreiben waren die Erinnerungen noch viel zu gut in ihrem Kopf und mit jedem Tag waren die Empfindungen intensiver geworden.

Aus ihrer jetzigen Sicht hätte sie Alexej nie einfach so losgelassen. In die Fröhlichkeit mischte sich eine Träne des Schmerzes.

34. Kapitel

Stein auf Stein

Nun war das Hotel ihr „Reich". Seit der Rohbau fertig war, war Ulrike damit beschäftigt, den Innenausbau zu beaufsichtigen. Dabei hatte sie aber nicht die Probleme, die Tom mit den Bauarbeitern gehabt hatte. Es gelang ihr, die Farben mit den Männer abzusprechen und die Frauen, die ihr bei der Einrichtung halfen, hatte in etwa denselben Geschmack, wie sie auch. So gab es da kaum Reibereien und sie hatte praktisch nur bis zum Mittag zu tun. Danach hatte sie immer frei.

Diese freie Zeit nutzte sie intensiv mit Tom, der ja nun auch nichts mehr am Bau zu tun hatte. Nur die Überwachung der Restarbeiten lag noch in seiner Hand. Ulrike genoss jede Minute des Beisammenseins. Tom hatte sich sehr zu seinem Vorteil verändert. Er war höflich, aufmerksam und zuvorkommen. Dazu kam nun auch noch, dass er in der Nacht ein sowohl zärtlicher, als auch stürmischer Liebhaber war, der sie immer wieder zu neuen Genüssen führen konnte. Damit hatte sie praktisch alles, was sie schon immer haben wollte.

Doch das Ende des Baues war absehbar. Was würde wohl danach kommen? Mit Grausen dachte sie daran zurück, wie sich Tom damals in Deutschland ihr gegenüber verhalten hatte. Diesen alten Tom wollte sie nicht zurück, sie wollte den neuen Tom behalten. Gedankenverloren schlenderte sie durch den Bau und griff von Zeit zu Zeit ein, wenn etwas zu richten war. So richtig konnte sie sich allerdings nicht mehr auf ihre Arbeit konzentrieren, daher ging sie nach unten und wartete in der schon fertig gestalteten Lobby auf Tom, der sie sicher gleich zum Mittag holen würde.

Beide waren sie nun schon Stammgäste in dem kleinen Restaurant am Hafen, in welchem sie sich damals zum ersten Abendessen getroffen hatten. Von dort starteten sie danach immer zu ihren Ausflügen, die dann doch nur meist unbekleidet im Gras oder Wasser endeten.

Sie sehnte sich nach ihm und das warme Gefühl des Vertrauens machte sich in ihrem Bauch breit. Ihr Blick ging zu der Uhr, die an der Wand hing. Heute verspätete sich Tom aber deutlich. Je öfter sie zu dem Zeiger sah, desto langsamer bewegte sich dieser. Schließlich war der Mann schon eine halbe Stunde drüber, als sie ihn endlich vor dem Hotel hörte. Er redete mit einem Mann und sie konnte nicht verstehen, was da wohl gerade besprochen wurde.

Dann kamen die beiden Männer in die Lobby. Ulrike erkannte in dem Mann einen der Investoren des Hotels und stellte sich schon auf eine Planänderung ein. Still seufzte sie. Hatten die Männer ihr nicht versprochen, dass sie freie Hand bei der Gestaltung haben würde?

Der Investor begann „Ich sehe schon, dass dieses Hotel sehr schön geworden ist." Ulrike hörte da schon ein großes „Aber" heraus und wartete darauf, dass der Mann alle ihre Vorstellungen in Grund und Boden diskutierte. Er machte eine Pause und sie hing mit ihren Augen bittend an seinen Lippen, doch der Mann machte sie nicht nieder, sondern er begann sie in den höchsten Tönern zu loben und dann setzte er noch hinzu „Wir wollen eine Kette von Hotels weltweit bauen lassen. So wie dieses. Immer entsprechend der Gegend und mit lokalem Kolorit. Könnten sie beide sich vorstellen, diese für uns zu entwerfen?"

Ulrike blieb der Mund offen stehen. Sie sah Tom an, der hinter dem Mann stand und ihr heftig zunickte. Dann brach es aus ihr heraus „Liebend gern!" Fast wäre sie dem Mann um den Hals gefallen. Alle ihre Befürchtungen waren vom Tisch. Sie würde weiter mit Tom um die Welt ziehen.

Schließlich war sie nach wenigen Minuten mit Tom alleine in der Lobby. Nun fiel sie ihm um den Hals und er sagte „Das müssen wir feiern!" doch bevor er mit ihr verschwinden konnte, zog sie ihn nach hinten, wo die Technik der Kühlkammer erst in ein paar Tagen eingebaut werden sollte.

Das jeder im Hotel ihr lustvolles Schnaufen hören würde, das war Ulrike im Moment völlig egal. Sie war einfach nur glücklich.

35. Kapitel

Ein glücklicher Fund

Ein halbes Jahr war vorüber und das Haus auf der Insel war nun endlich fertig. Schon bald konnte es Alexej beziehen. Es war doch etwas größer und luxuriöser ausgefallen, als es der erste Plan von Alexej gewesen war. Am Anfang hatte er es sich nur als Haus für das Wochenende und die Ferien vorgestellt, aber mit zunehmenden Aufbau hatte sich immer mehr die Vorstellung bei ihm durchgesetzt, dass es sein Haus für jeden Tag werden könnte.

Er hatte den Architekten fast zur Verzweiflung getrieben und so war dann auch der Umfang der Bauarbeiten etwas in die Höhe geschnellt. Nach dem Anleger für das Boot war auch noch ein Landeplatz für den Hubschrauber, ein Pool und ein Tennisplatz dazu gekommen. Aber auch das Grab von Gaby hatte er etwas schöner gestaltet. Mit einem richtigen Gedenkstein und ein paar Blumen drum herum. Da es auf der Insel immer noch kein Wasser gab, hatte er eine Entsalzungsanlage bauen lassen, die mit Solarenergie betrieben wurde.

Das Haus würde sein neuer Lebensmittelpunkt werden. Fernab vom Trubel der Großstadt. Und fern von den Paparazzi. Die konnte man hier schon auf drei Kilometer Entfernung sehen. Von dem Haus aus würde er, dank schneller Internetleitung, auch seine Firma leiten können. Falls Grigori mal eine Frage hatte. Der Freund war mittlerweile zum Geschäftspartner geworden und sie führten die Geschäfte zusammen. In den nächsten Tagen würde die Einweihungsparty auf der Insel stattfinden und die Einladungen für alle Firmenmitglieder waren schon verschickt. Es würde eine Strandparty werden. Nicht dort, wo Gabys Grab war, sondern auf der anderen Seite der Insel.

Gerade kam seine Sekretärin mit der Aufstellung des Catering in den Raum und sie vertieften sich in die Kontrolle dessen, was da auf die Insel gebracht werden sollte. Aufgrund des Abstandes zum Festland war es schwer möglich noch mal schnell etwas zu holen, wenn dann bei der Feier nicht alles auf der Insel war. Gewissenhaft hakten sie jeden Punkt ab. Als sie ganz unten waren, stellte er fest, dass eigentlich nur eines fehlte. Oder eine! Jasmin!

Doch die Frau konnte das Unternehmen nicht zu ihm bringen. In den vergangenen Monaten hatte er alles versucht, um sie zu finden. Trotzdem war es ihm nicht gelungen. Wehmütig sah er aus dem Fenster, während die Sekretärin aus dem Büro ging.

Irgendwo dort war diese kleine Insel. Im Moment wäre sie noch nicht einmal mit dem stärksten Teleskop zu sehen. Und nun würde er also dort drüben nur in der Erinnerung dieser glücklichen acht Tage und sieben Nächte leben. Die gerade geschlossene Tür öffnete sich erneut und Alexej wendete sich überrascht der Tür zu. Wer störte ihn hier in seinen Erinnerungen?

Er erkannte seinen Freund, der lächelnd den Raum betrat und ein Päckchen in der Hand trug. Offensichtlich ein Buch in buntes Geschenkpapier eingepackt. „Was hast du da mitgebracht?", fragte er und Grigori entgegnete „Ein kleines Geschenk zum Einzug." „Ist das nicht zu früh dafür?", antwortete er lachend und nahm das Geschenk entgegen. Dann legte er es auf den Tisch und wollte es zur Seite schieben. „Du solltest es öffnen", drängte ihn der Freund. Also zog Alexej das Buch zu sich und öffnete die Verpackung.

„Zwei Sommer der Liebe", las er laut vor und legte das Buch sofort wieder auf den Tisch zurück. „Was soll das? Ein Liebesroman? Weil ich dort so alleine bin?", fragte Alexej verärgert.

„Eine Freundin hat es gekauft und mich etwas dazu gefragt, nachdem sie es zu Ende gelesen hatte", begann Grigori mit seiner Erklärung und lächelte. Alexej nahm das Buch zurück und Grigori setzte fort „Ich habe es gelesen und du solltest das auch tun!" dann nahm er ihm das Buch aus der Hand und drehte es herum.

Auf der Rückseite war das Bild der Autorin. „Jasmin!", entfuhr es Alexej. Dann riss er dem Freund das Buch aus der Hand. „Der Verlag weiß sicherlich, wo du sie finden kannst", erklärte Grigori und setzte hinzu „Nach dieser Geschichte hat sie sich von ihrem Freund getrennt." Dabei tippte er auf den Einband. Er machte eine kurze Pause und fragte dann lächelnd „Du hast es wirklich 26 Mal mit ihr gemacht? In einer Woche? Das hätte ich dir nicht zugetraut!" „Hat sie das wirklich geschrieben?", fragte Alexej, konnte es aber nicht leugnen.

Schnell blätterte er durch das Buch und suchte die Anschrift des Verlages. Während Grigori das Büro lächelnd wieder verließ, griff Alexej schon zum Telefon und wählte die Nummer der Auskunft.

Endlich hatte er eine Spur zur Liebe seines Lebens gefunden und wenn das Buch nicht gelogen hatte, dann war sie nun für ihn frei.

36. Kapitel

Eine zweite Chance?

Grau und niedrig zogen die Wolken am Himmel entlang. Jasmin sah von ihrem Schreibtisch zum Fenster hinaus. Gedankenverloren strich sie über den Babybauch, der sich unter ihrem T-Shirt wölbte. In den letzten Monaten war Jasmin kaum zur Ruhe gekommen. Das Buch war eingeschlagen wie eine Bombe. Ganz weit oben in der Bestsellerliste war es gelandet und die Lesungen hatte sie bisher gern gemacht. Mit Greta war sie oft unterwegs gewesen, doch nun hatte sich Jasmin überlegt, eine Fortsetzung zu schreiben.

Sie kaute auf dem Stift und dachte an den Sommer zurück. Viel zu schön war es gewesen, auch wenn es nur eine Woche gedauert hatte. Immer noch wohnte sie in dem kleinen Zimmer bei Roswitha und Tom hatte sie seit dem Sommer nicht mehr gesehen.

Die Freundin brachte einen großen Tee und stellte die dampfende Tasse vor ihr auf dem Tisch ab. Dann sah sie auf das Blatt vor Jasmin und sagte „Läuft wohl nicht so richtig?" In Anbetracht der wenigen Zeilen war leugnen völlig unsinnig und daher seufzte Jasmin nur, legte den Stift zur Seite und griff zur Tasse. Sie nahm einen großen Schluck und hätte sich fast an dem heißen Getränk verbrannt. Wieder kam die Erinnerung an die Insel zurück. Dort hatte Alexej ihr den Kaffee auf seinem Kocher zubereitet.

„Ich finde nicht die richtigen Worte", begann Jasmin und zeigte auf den fast unbeschriebenen Block. „Ich war so dumm, dass ich ihn einfach so verlassen habe. Ich liebe ihn immer noch." „Und er hat dir ein Andenken hinterlassen", sagte Roswitha und zeigte auf den unübersehbaren Bauch.

Eine Träne rollte über Jasmins Wange bei der Erinnerung an die schönen Tage und draußen begann der Schnee vom grauen Himmel zu fallen. Roswitha nahm die Freundin kurz in den Arm, bevor sie das Zimmer wieder verließ Jasmin kaute weiter auf dem Stift herum, aber es fiel ihr nichts mehr ein. Seit Stunden saß sie nun hier und es waren immer nur Gedanken an Alexej, die ihr durch den Kopf sausten.

Nicht ein brauchbarer Gedanke für die neue Geschichte war dabei gewesen. Missmutig stand sie auf, ging zu ihrem Bett und ließ sich rücklings hineinfallen.

Seit Monaten hatte sie sich immer wieder diese eine Frage gestellt: warum war sie so einfach von der Insel gegangen, ohne Alexej nach seinem Namen und der Telefonnummer zu fragen? Sie hätte sich selbst ohrfeigen können, wenn es etwas genutzt hätte. Mit beiden Händen streichelte sie wieder ihren Bauch. Das war das einzige, was ihr von dem Freund geblieben war. Was würde sie nicht alles dafür geben, wenn sie die Zeit zurückdrehen könnte?

Eine zweite Chance! Warum blieb ihr diese verwehrt?

In der Ecke stand ein kleiner Engel aus Porzellan, der sie anlächelte, und Jasmins Augen fixierten die kleine weiße Figur. „Bitte. Bitte hilf mir! Wenn du es kannst, so bringe mir den Geliebten zurück", flehte sie den Engel stumm an.

Im selben Moment öffnete sich die Tür und Roswitha sah herein „Da ist jemand für dich am Telefon", sagte sie nur und hielt ihr das Gerät hin.

Eigentlich wollte sie im Moment nicht mit jemanden reden, doch sie nahm das Telefon entgegen. „Ja?", war ihre Frage, aber die klang wohl ziemlich abweisend. „Jasmin?", hörte sie eine vertraute Stimme, die ihr den Puls in die Höhe trieb. „Ja?", sagte sie nun viel freudiger. „Alexej? Bist du das?", setzte sie fragend hinzu und sah zu dem kleinen Engel. „Ja. Endlich habe ich dich gefunden!", begann der Mann und das hätte sie sicherlich im selben Moment sagen können.

Eine lange Pause entstand, obwohl sie ja eigentlich so viel sagen wollte. Sicherlich ging es Alexej gerade genauso. Dann setzte er fort „Ich habe die Insel gekauft und ein kleines Haus dort errichten lassen. Wenn du möchtest, dann könnten wir dort für immer wohnen."

Jasmin verschlug es fast den Atem, dann brach es aus ihr heraus „Ja! Das möchte ich. Mit dir! Für immer!" „Ich warte auf dich bei Sofia", sagte Alexej und setzte ein „Ich liebe dich" noch hinzu. „Ich liebe dich auch! Morgen bin ich dort!", entgegnete sie, war schon aufgestanden und hatte den Koffer vom Schrank gezogen.

Ein „Ich liebe dich!" von Alexej kam noch aus dem Hörer, während Jasmin schon ihre Sachen packte. Sie legte das Telefon zur Seite, strich dem kleinen Engel dankbar über den Kopf und sah sich noch einmal um. Schnell klappte sie den Koffer zu, rief ein Taxi mit dem Telefon und verließ das Zimmer. „Ich fliege zu ihm!", sagte die zu Roswitha, die sie im Flur umarmte.

Was würde Alexej wohl zu ihrem Babybauch sagen? Sie nahm ihre Jacke, zog sich an und war glücklich. Alles würde gut werden.

ENDE

Von Uwe Goeritz im Verlag BoD (Books on Demand, Norderstedt) ebenfalls erschienene Bücher:

"Cecilia im Bann der Liebe"
ISBN lautet: 978-3-7392-4583-6
Altersempfehlung: ab 16 Jahre

„Was ist Liebe und warum kann sie uns in ihren Bann ziehen? Kann Mann oder Frau das mit dem Kopf entscheiden? Oder ist da eine rationale Entscheidung völlig unnütz? Cecilia, die Heldin dieser Geschichte, beginnt ihrem Kopf zu folgen, wo sie ihrem Herz hätte folgen sollen.

Gibt es für sie die Chance, diese Entscheidung zu revidieren? Oder bleibt sie allein und unglücklich zurück?"

112 Seiten für 6,49 Euro

"Für Immer an deiner Seite"
Die ISBN lautet: 978-3-7412-8407-6
Altersempfehlung: ab 16 Jahre

„Eine junge Frau schaut sich um und blickt zurück auf ihr Leben. „Wann ist die Liebe eigentlich erloschen?" fragt sich Maria, die Heldin dieser Geschichte. Im täglichen Kleinklein des Lebens hat sie sich viel zu weit von ihrem Mann entfernt. Oder er sich von ihr? Gibt es noch eine Chance?

Ist noch etwas Glut unter der Asche ihrer Liebe und kann der Wind der Veränderung die Flamme ihrer Liebe neu entflammen? Oder verweht der letzte Funken für immer und es beginnt ein neues Leben? Mit einem anderen?"

112 Seiten für 6,49 Euro

„Die Liebe ist (k)ein Ponyhof"
Die ISBN lautet: 978-3-7412-7920-1
Altersempfehlung: ab 16 Jahre

„Manchmal geht es in der Liebe zu wie in einem Ponyhof. Zwei Treffen sich und trennen sich wieder, oder sie bleiben zusammen für immer und bilden eine kleine Familie. Ramona, die Heldin dieser Geschichte, liebt ihr Pflegepferd Rodrigo über alles.

Außer ihm hat sie keine Freunde, weder auf Arbeit noch privat klappt es bei ihr.

Durch Rodrigo ist sie mit der Welt verbunden und durch den Hengst findet sie ihr Glück. Im Ponyhof und auch in der Welt."

116 Seiten für 6,49 Euro

„Griechische Küsse"
Die ISBN lautet: 978-3-7448-7274-4
Altersempfehlung: ab 16 Jahre

„War ihr ganzes bisheriges Leben eine einzige Lüge? Diese Frage stellt sich Jette, die Heldin dieser Geschichte. Nach dem Tod ihrer Mutter findet sie Hinweise darauf, dass die Geschichten, die ihr die Mutter über ihren Vater erzählt hatte, so nicht ganz stimmten.

Sie macht sich auf die Suche nach ihm und beginnt eine Reise, auf den Spuren der Mutter, in eine Zeit, in der ihr Leben einst begann. Auf Kreta stolpert sie Grigori in die Arme und es scheint so, als ob die Geschichte ihres Lebens vollkommen neu geschrieben wird. Oder doch nicht? Macht sie die Fehler ihrer Mutter ebenfalls? Wiederholt sich die Geschichte?"

116 Seiten für 6,49 Euro

„Liebe hinter Klostermauern"
Die ISBN lautet: 978-3-7448-8973-5
Altersempfehlung: ab 16 Jahre

„Ein Leben wie im Kloster? Wollte sie das wirklich? Das fragt sich Karla, die Heldin dieser Geschichte, als sie auf Drängen ihrer Eltern in eine Hauswirtschaftsschule gehen muss, die sich in einem Kloster befindet. Doch dort lernt sie Rebecca kennen und verliebt sich in die gleichaltrige Frau.

Kann das gut gehen oder verstößt sie damit zu sehr gegen die Konventionen des Klosters und der Welt? Bleibt sie alleine zurück oder findet sie doch noch ihr Glück?"

120 Seiten für 6,49 Euro

„Ein Pflaster für die Seele"
Die ISBN lautet: 978-3-7460-7947-9
Altersempfehlung: ab 16 Jahre

„ „Bloß keinen Arztroman." denkt sich Luisa, die Heldin dieser Geschichte, und ist doch schon mitten drin. Oder etwa nicht? Doktor Peters scheint genau ihr Fall zu sein. Wäre sie doch nicht so schüchtern und könnte auf ihn zu gehen. So bleibt ihr nur, in seinem Vorzimmer zu sitzen und auf den Blick seiner Augen zu warten. Gibt es da für sie die Hoffnung auf ein Happy End? Oder eher nicht?"

112 Seiten für 6,49 Euro

„Das Tor zum Paradies"
Die ISBN lautet: 978-3-7528-5837-2
Altersempfehlung: ab 16 Jahre

„Drei junge Frauen verbringen den Urlaub gemeinsam. Sie sind Freundinnen und obwohl sie nicht auf der Suche nach dem Glück sind, finden sie es dennoch. Eine jede von ihnen anders, einzigartig und genau so, wie sie es sich schon immer, vielleicht ohne es zu wissen, gewünscht hat.

Geben sie ihrer Liebe eine Chance? Oder fahren sie, nach einem Urlaubsflirt, wieder alleine nach Hause?"

124 Seiten für 6,49 Euro

„Ein Kater rettet das Weihnachtsfest"
Die ISBN lautet: 978-3-7481-2863-2
Altersempfehlung: ab 16 Jahre

„Ihr ganzes Leben scheint in Scherben gebrochen zu sein. Kurz vor Weihnachten sitzt Karo in ihrer Wohnung und heult sich ihre Seele aus dem Leib. Alles kommt ihr so sinnlos vor. Doch dann klopft ein kleiner Kater an ihr Fenster und wirbelt ihr ganzes Dasein durcheinander.

Wird es vielleicht doch noch ein schönes Weihnachtsfest für die junge Frau?"

236 Seiten für 8,49 Euro

„Aurelia - Geliebter Engel"
Die ISBN lautet: 978-3-7494-5128-9
Altersempfehlung: ab 16 Jahre

„Aurelia ist seit über zweitausend Jahren als Engel der Liebe auf der Erde unterwegs. Viele Liebespaare hat sie schon mit ihren Pfeilen für immer aneinander gebunden. Doch diese neue Mission wird eine ganz besondere Erfahrung für sie.

Der Engel trifft auf eine Dämonin, die das Weltbild von Aurelia ins Wanken bringt. Warum kann sie selbst keine Liebe empfinden? Gemeinsam machen sie sich auf die Suche nach der Liebe, aber wird das vielleicht ihren Auftrag gefährden? Zumindest mischen die beiden unterschiedlichen Wesen die Stadt ziemlich auf und auch die Liebe kommt dabei nicht zu kurz.

244 Seiten für 8,49 Euro

Aktuelle Informationen und Neuerscheinungen finden sie immer im Internet unter:

www.Goeritz-Netz.de